® 2024 Eric Maurice Fonsenius
Forlag: BoD – Books on Demand, Hellerup, Denmark
Tryk: BoD – Books on Demand, Norderstedt, Tyskland
ISBN: 9788743057536

FORORD

Romanen Paul et Virginie blev udgivet første gang i Paris i 1788. Forfatteren Jacques-Henri Bernadin de Saint-Pierre blev født den 19. januar 1737 i Le Havre og døde den 21. januar 1814 i Éragny i Val-d'Oise. Han var uddannet botaniker og besøgte som sådan øen Mauritius i Det indiske Ocean i 1768. Mauritius blev en fransk koloni i 1715, efter at hollænderne havde opgivet at etablere sig der, og øen blev herefter kaldt Île de France. Paul et Virginie er skrevet næsten 20 år efter, at forfatteren vendte tilbage til Frankrig, og det er tydeligt at han, efter alle disse år, ikke helt har haft check på kildematerialet. Den danske oversættelse af Carl Michelsen (1842-1911) udkom i 1897 på A. Christiansens Kunstforlag i København og er i og for sig en ganske udmærket oversættelse. Dog burde han efter min mening have undladt at oversætte geografiske navne som f. eks. 'Cap Malheureux,' der er blevet til det 'Uheldige Forbjerg' osv. I denne reviderede oversættelse har jeg rettet de fejl, jeg har fundet i den franske originaludgave og samtidig prøvet at gøre sproget lidt mere tidssvarende.

Kort over Île de France fra 1836.

Jacques-Henri Bernadin de Saint-Pierre.

1. kapitel

På den østlige side af det bjerg, der hæver sig bag byen Port Louis på øen Île de France, ses resterne af to små hytter på et område, der engang har været dyrket. De ligger mellem store klipper næsten midt i en dal, der kun åbner sig mod nord. Til venstre ser man det bjerg, der hedder Montagne des Signaux, et navn bjerget har fået, fordi man herfra signalerede de skibe, der lagde til ved øen, og nedenfor det byen Port Louis. Mod højre ses den bambusomkransede vej, der fører fra Port Louis til Pamplemousses, og samme landsbys kirke, der rejser sig midt på en stor lysning, og længere borte skov, der dækker hele den nordlige del af øen. Kigger man mod nordvest, kan man i strandkanten se bugten Baie du Tombeau og helt på nordspidsen Cap Malheureux og derefter det åbne hav med nogle små ubeboede øer, blandt andre Coin de Mire, der bryder de til tider kraftige bølger.

I dalen gentager ekkoet fra bjergene uophørligt vindens susen fra de nærliggende skove og bølgernes brusen, når de i det fjerne brydes mod skærene. Ved hytterne høres ikke længere nogen larm, og man ser omkring sig kun de stejle klippevægge. Trægrupper vokser ved klippernes fod, i kløften og endog op ad klipperne, helt op til der, hvor skyerne bremser ens udsyn. De regnmasser, som klippetoppene tiltrækker, tegner ofte med alle regnbuens farver klippernes grønne og brune sider og danner ved deres fod de kilder, der forsyner den lille flod Rivière des Lataniers med vand. En dyb stilhed hersker her, hvor alt ånder fred bortset fra en stille susen blandt palmetræerne, der vokser på de høje afsatser, og hvis toppe stadig vugges blidt af vinden. Et mildt lys skinner på bunden af denne dal, som solen kun oplyser ved middagstid, men allerede fra tidlig morgen rammer dens stråler den øverste kant, hvis toppe hæver sig op over bjergets skygger og ser ud som guld og purpur, når de står i kontrast til himlens blå farve.

Jeg elskede at besøge dette sted, hvor man samtidig kunne nyde en smuk udsigt og en dyb ensomhed, og da jeg en dag sad ved foden af disse hytter og betragtede resterne, kom tilfældigvis en ældre mand forbi. Han var, som det var skik og brug, klædt i lange flonelsbenklæder med en kort jakke og gik på bare fødder, mens han støttede sig til en stok af ibenholt. Hans hår var langt og hvidt, og hans ansigtsudtryk var ædelt. Jeg hilste ærbødigt på ham, og han besvarede min hilsen og kom nærmere, efter lidt tid at have betragtet mig på afstand. Han satte sig ned ved siden af mig for at hvile sig, og opmuntret af dette bevis på tillid henvendte jeg mig til ham og sagde: "Ved De mon, hvem disse to hytter har tilhørt?" Han svarede: "Disse rønner og dette udyrkede jordstykke var for ca. 20 år siden beboet af to familier, som havde fundet lykken her. Familiernes historie er rørende, men det er nok de færreste europæere, der vil føle nogen speciel deltagelse med nogle ukendte menneskers skæbne på denne lille ø, der ligger på vejen til Indien. Hvem kunne vel ønske at leve fattig og ukendt, men trods alt lykkeligt her? Folk bryder sig kun om at kende stormænds og kongers historie, der ikke er til nytte for nogen."

"Ærværdige ældre mand," svarede jeg, "man fornemmer af Deres alder og tale, at De har erhvervet Dem en stor livserfaring. Hvis De har tid, så beder jeg Dem fortælle mig, hvad De ved om disse mennesker, der tidligere boede her i dalen, og De kan være sikker på, at selv en fordærvet mand elsker at høre om den lykke, som natur og dyd skænker én." Da holdt den ældre mand i nogen tid sin hånd op til panden, som om han forsøgte at huske forskellige begivenheder, og fortalte mig derpå følgende:

2. kapitel

I året 1726 var der i Normandiet en ung mand, der hed La Tour. Efter at han forgæves havde søgt arbejde i Frankrig og hjælp hos familien, besluttede han at rejse her til øen for at forsøge at gøre sin lykke. Han havde med sig en ung hustru, som han elskede højt, og som ligeledes elskede ham. Hun stammede fra en gammel rig slægt i Frankrig, men havde ægtet ham i hemmelighed og uden at bringe ham nogen medgift, fordi hendes forældre var imod ægteskabet, eftersom han ikke var adelig. Han efterlod hustruen i Port Louis og tog derefter et skib til Madagaskar for at købe nogle slaver og hurtigt vende tilbage til Île de France og nedsætte sig som plantageejer. Han gik i land på Madagaskar kort før den fugtige årstid, der begynder omkring midten af oktober måned, og kort tid efter sin ankomst blev han syg og døde af den tyfus, som raser i denne del af året og altid vil forhindre europæerne i at bosætte sig fast. De ejendele han havde, blev spredt efter hans død, som det sædvanligvis sker for dem, der dør udenlands. Hans hustru var nu enke og samtidig frugtsommelig. Alt hun ejede var en slavinde, og hun befandt sig nu i et land, hvor ingen ville betro hende noget, og hvor hun ingen forbindelser havde. Hendes stolthed forbød hende at søge hjælp fra andre, men efter sin elskede mands død, var det som om hendes ulykke gav hende fornyede kræfter, og hun besluttede sammen med sin slavinde at begynde at opdyrke en lille strimmel jord for at skaffe sig til dagen og vejen.

På den næsten øde ø, hvor man efter behag kunne vælge et stykke jord og kalde det sit eget, slog hun sig ikke ned i de frugtbareste eller til handel mest velegnede dele af øen, men hun opsøgte en bjergkløft, en skjult afkrog af øen, hvor hun kunne leve alene og ukendt. Hun begav sig bort fra byen og hen til disse klipper, for at trække sig tilbage. Det er en naturdrift, der er fælles for alle følsomme og lidende sjæle, at de søger tilflugt på de mest utilgængelige og øde steder, som om klipper er et bolværk mod verden, og som om naturens fred kunne mildne sjælens uro. Men forsynet, der ofte kommer os mennesker til undsætning, når vi kun tragter efter det livsnødvendige, havde forbeholdt fru La Tour ét, som man hverken opnår ved rigdom eller storhed, nemlig en sand veninde.

På dette sted havde der i et års tid boet en livsglad, god og medfølende kvinde, der hed Marguerite. Hun var født i Bretagne og nedstammede fra en jævn bondeslægt, der elskede hende og ville have gjort hende lykkelig, hvis hun ikke havde været svag nok til at lytte til en adelsmands elskovsord og ægteskabsløfte. Da han først havde tilfredsstillet sin lidenskab, forlod han hende og afslog sågar at sikre hende underhold til det barn, hun ventede. Da havde hun taget den beslutning for stedse at forlade den landsby, hvor hun havde set dagens lys, og udvandre til en af kolonierne for at skjule sin skam, langt borte fra sit fædreland, hvor hun havde mistet den eneste medgift, en fattig, ærlig pige har, sit gode navn og rygte. En gammel slave, som hun havde erhvervet sig for lånte skillinger, dyrkede sammen med hende en lille strimmel jord på stedet.

Her traf Fru La Tour i følge med sin slavinde, Marguerite, der netop sad og var i gang med at give sit barn die. Hun blev glad over at træffe en kvinde i en situation, som hun mente lignede hendes egen, og fortalte hende med få ord om sin opvækst og sin bitre skæbne. Ved fru La Tours beretning blev Marguerite rørt af medlidenhed, og det var hende mere magtpåliggende at gøre sig fortjent til hendes tillid end til hendes agtelse, så hun forsøgte ikke at skjule noget, men talte åbent om den uforsigtighed, hun mente, hun havde gjort sig skyldig i. "Hvad mig angår," sagde hun, "så har jeg fortjent min skæbne, men De, en dydig kvinde, at De skal være så ulykkelig!" og hun tilbød hende med tårer i øjnene sin hytte og sit venskab. Rørt over en så kærlig modtagelse sagde fru La Tour til hende, idet hun omfavnede hende: "Ak! Gud ønsker sikkert at gøre en ende på mine sorger, siden De, skønt jeg er fremmed, viser mig mere godhed, end jeg nogen sinde har fundet hos mine slægtninge." Jeg kendte Marguerite og betragtede mig som hendes nabo, skønt jeg boede små 6 km. derfra i skoven bag bjerget Montagne Longue. I de europæiske byer kan en gade eller blot en simpel mur forhindre medlemmer af samme familie i at ses i årevis, men her ude i kolonierne betragter man dem, som man kun er skilt fra ved skove og bjerge, som naboer. Især tidligere, da øen ikke drev synderlig megen handel på Indien, var et simpelt naboskab nok til at skaffe venskab, og gæstfrihed mod fremmede var en pligt og en glæde. Da jeg erfarede, at min naboerske havde fået selskab, gik jeg hen for at se til hende og om muligt prøve at være dem begge til nytte. Jeg fandt i fru La Tour en ædel, tungsindig kvinde med et fængslende ansigt. Hun var tæt på at skulle føde, og jeg sagde nu til de to kvinder, at de til gavn for deres børn og navnlig også for at forhindre, at en anden nybygger skulle nedsætte sig her, ville gøre klogt i at dele jorden i dalen mellem sig. De overlod fordelingen til mig, og jeg dannede da to næsten lige store landstykker, hvoraf den ene omfattede den øvre del af dalen fra den skydækkede klippetop, hvorfra Rivière des Lataniers kilder kommer, ned til den smalle åbning, der ses oppe i bjerget, og som kaldes l'Embrasure. Jordbunden er så fuld af klipper og kløfter, at man vanskeligt kan gå der, men der vokser store træer, og der er talrige kilder og småbække. Den anden del omfattede hele den nederste del langs Rivière des Lataniers lige til den lysning, hvor vi nu sidder, og hvorfra floden flyder mellem to høje ud til havet. Her findes der nogle smalle engstrækninger og et temmelig jævnt terræn, som ikke er meget mere anvendeligt end det andet, for i regntiden er det sumpet, og i den tørre tid er jorden hård som sten, og vil man grave i den, så må man først hugge den i stykker med en økse.

Da jeg nu havde foretaget denne fordeling, lod jeg de to kvinder trække lod. Den øvre strækning tilfaldt fru La Tour og den nedre Marguerite. De var begge tilfredse med deres jordstykker, men de bad mig om ikke at dele deres bolig, så de altid kunne ses, tale sammen og hjælpe hinanden. Dog måtte de hver have et tilflugtssted. Marguerites hytte lå midt i dalen lige på grænsen til det andet stykke land, og tæt ved byggede jeg så på fru La Tours landstykke en hytte til, så at de to veninder boede tæt ved hinanden og dog alligevel havde hver sit. Jeg huggede selv planker oppe på bjerget og slæbte palmeblade op fra strandbredden for at bygge de to hytter, hvor man nu hverken ser døre eller tag. Ak!, men der er endda mere end nok tilbage for mig at mindes. Tidens tand, der så hastigt fortærer store mindesmærker, synes på dette afsides sted at skåne venskabets minder ligesom for at forlænge mit savn lige indtil mit livs ende.

Næppe var den anden hytte færdig, før fru La Tour nedkom med et pigebarn. Jeg havde stået fadder til Marguerites barn, der hed Paul, og fru La Tour bad mig nu ligeledes, sammen med hendes veninde, at navngive hendes lille pige. Marguerite valgte navnet Virginie, idet hun sagde: "Hun vil blive dydig og lykkelig. Jeg lærte først ulykken at kende, da jeg forlod dydens vej."

Da fru La Tour stod op fra barselsengen, begyndte de to små jordstykker allerede at give lidt indtægt, dels fordi jeg fra tid til anden gav en håndsrækning, dels fordi deres slaver arbejdede flittigt. Marguerites slave hed Domingo og stammede fra Afrika, og på trods af, at han ikke var helt ung længere, så var han endnu kraftig og muskuløs. Han besad erfaring og sund fornuft, og han dyrkede i flæng de jordstykker, der syntes ham mest frugtbare, og såede de vækster, der egnede sig bedst de forskellige steder. Han såede hirse og majs på de mindre gode steder, lidt hvede i den gode jord, ris i sumpene, og ved foden af klipperne græskar og agurker, fordi de holder af at slynge sig. På de tørre steder lagde han søde kartofler og højere oppe plantede han bomuldsfrø, på de kraftige jorder sukkerrør, på højene kaffetræer og langs den lille flod og omkring hytterne satte han pisangpalmer, der hele året gav store klaser med madbananer og samtidig ydede en god skygge. Endelig, til trøst for sig selv og til glæde for sit herskab, plantede han nogle tobaksplanter. Han gik op på bjerget og fældede træer til brænde og sprængte hist og her nogle klipper for at gøre vejen mere tilgængelig.

Alle disse arbejder udførte han på en forstandig og driftig måde, fordi han var en flittig mand, der følte stor hengivenhed både over for Marguerite og over for fru La Tour, med hvis slavinde han havde giftet sig, da Virginie blev født. Han holdt meget af sin hustru Marie, der var født på Madagaskar, hvor hun havde lært en del husflid, især at flette kurve og lave skørter af de græsarter, der gror i skovene. Hun var snild på fingrene, renlig og trofast. Hun lavede mad, passede høns og gik fra tid til anden til Port Louis for at sælge overskuddet af, hvad de fremavlede på de to jordstykker, selv om det ikke var meget. Familierne havde også to geder, der mest blev opdrættet for børnenes skyld, og en stor hund, der om natten holdt vagt udenfor. Nu formoder jeg, at De har en nogenlunde forestilling om disse to små jordbrug, deres indkomster og huslige indretning.

Hvad de to veninder angik, så spandt de bomuld fra morgen til aften, og det gav dem en tilstrækkelig indtægt til, at de kunne klare dagen og vejen, men de manglede i den grad forskellige

Fru La Tour og veninden Marguerite med deres børn Paul og Virginie. Til højre slavinden Marie og hendes mand Dominique.

bekvemmeligheder. De gik på bare fødder hjemme og tog kun sko på om søndagen, når de gik til den tidlige messe i kirken i Pamplemousses. Der er nu for resten længere til den, end der er til kirken i Port Louis, men de gik kun sjældent til byen, for de var klædt i tarvelige kjoler af groft, blåt bomuldstøj ligesom slavinder, og de frygtede at blive set ned på. Dog hvad betyder den offentlige anseelse, når man er lykkelig i sit hjem? Selv om de to kvinder ofte havde følt sig ydmygede uden for huset, så var de så meget gladere, når de kom hjem igen. Næppe fik Marie og Domingo øje på dem på vej hjem fra Pamplemousses, før de skyndte sig ned til foden af bjerget for at hjælpe dem hjem. Kvinderne kunne i deres slavers øjne læse, hvor glade de var for at se dem igen. De fandt i deres hjem renlighed, frihed, ejendele, som de kun havde deres eget arbejde at takke for, og ivrige, hengivne tjenestefolk. De to kvinder følte sig tæt knyttede til hinanden, og kaldte i flæng hinanden søster og veninde. De havde samme fælles vilje, samme interesser og kun et bord. Alt var fælles imellem dem, og opstod der små uoverensstemmelser, så bragte deres dybe religiøsitet dem hurtigt sammen igen.

Deres daglige pligter forøgede fremdeles den glæde, de fandt i hinandens selskab. Deres gensidige venskab blev kun stærkere ved synet af deres børn, der begge var frugter af ulykkelig kærlighed. De morede sig med at bade dem i samme kar og lade dem sove i samme vugge, og ofte lagde de dem skiftevis ved hinandens bryst. "På den måde," sagde fru La Tour, "får vi begge to børn og hvert af vore børn får to mødre." Ligesom to knækkede grene fra et træ, der podet på en anden stamme frembringer sødere frugter end på modertræet, således fyldtes disse to små børns sjæle, der ellers var berøvet alle deres slægtninge, med endnu ømmere følelser over for hinanden end søn og datter, bror og søster, når de to veninder, der havde bragt dem til verden, lod dem skiftevis die hos hinanden. Allerede, mens de lå i vuggen, begyndte deres mødre at tale om ægteskab mellem dem, og denne udsigt til ægteskabelig lykke, hvormed de to kvinder forsødede deres egne sorger bragte dem ofte til at græde, idet den ene kom i tanker om, at hendes ulykke kom af, at hun havde sat sig ud over ægteskabet, den anden, at hendes havde til årsag, at hun havde underkastet sig dets love. Den ene, at hun havde hævet sig over sin stand, den anden, at hun var gået under sin, men de slog sig til tåls med den tanke, at deres børn engang ville blive lykkeligere end de og, at de langt borte fra Europas grusomme fordomme, ville kunne nyde elskovens glæder og lighedens lykke.

Fru La Tour og Marguerite i samtale om børnenes fremtid, mens hunden Fidèle og slaverne Dominique og Marie andægtigt kigger på.

Intet kunne sammenlignes med den hengivenhed, børnene allerede viste hinanden. Hvis Paul klagede sig, viste man ham Virginie, og ved at se hende smilede han og faldt til ro. Hvis Virginie led, fik man det at vide ved Pauls skrig, men den elskelige pige skjulte straks sin smerte, for at han ikke skulle være bedrøvet over hendes tilstand. Aldrig kom jeg på besøg uden at se dem begge, nøgne efter landets skik, skønt de endnu knapt kunne gå og holde hinanden i hænderne, således som man fremstiller tvillingernes i stjernebilledet. End ikke natten kunne skille dem ad, og når mørket indtrådte fandt man dem ofte liggende i samme vugge, kind mod kind, bryst mod bryst med hænderne om hinanden i dyb søvn.

Da de blev så store, at de kunne tale, var de første ord, de lærte, navnene bror og søster. Barndommen kender ømmere kærtegn, men ikke sødere betegnelser. Deres opdragelse forøgede kun deres venskab og ledede det mod deres gensidige fornødenheder. Snart kom alt, hvad der vedrører huslighed, renlighed og landlig madlavning til at henhøre under Virginie, og hendes arbejde blev altid belønnet med hendes brors ros og kys. Han var ligeledes bestandig i fuld vigør og gravede i haven sammen med Domingo eller fulgte ham, med en lille økse i hånden op i skoven, og hvis han på sin vej opdagede en skøn blomst, en god frugt, eller en fuglerede, selv om det var oppe i toppen af et træ, klatrede han derop for at bringe sin søster den som gave.

Når man mødte den ene et sted, var man altid sikker på, at den anden ikke var langt borte. En dag, da jeg kom ned fra toppen af dette bjerg, hvor vi nu sidder, fik jeg for enden af haven øje på Virginie, der kom løbende hen imod huset med skørtet over hovedet for at beskytte sig mod en regnbyge. Set fra afstand troede jeg, hun var alene, men da jeg var kommet hen til hende for at hjælpe hende med at komme hjem, så jeg, at hun holdt Paul i armen efter helt at have indhyllet ham på samme måde, og at de begge lo over at gå sammen under denne regnskærm af egen opfindelse. De to yndige hoveder mindede mig, som de gik der under det opspilede skørt, om legenden om Ledas børn.

De bestræbte sig alene på at behage hinanden og at være hinanden til indbyrdes hjælp, forøvrigt var de ligeså uvidende, som de indfødte kreolere, og kunne hverken læse eller skrive. De bekymrede sig ikke om, hvad der var foregået i fjerne tider langt borte fra dem, deres begær om viden strakte sig ikke ud over dette bjerg. De troede, at verden endte der, hvor deres ø hørte op, og kunne ikke forestille sig, at der kunne være noget at eftertragte der, hvor de ikke var. Deres og deres mødres gensidige kærlighed lagde beslag på al deres sjælelige virksomhed. Aldrig havde unyttig viden været årsag til tårer, og

Fortælleren besøger Paul og Viginie.

aldrig havde en bedrøvelig morallære fyldt dem med ked-
somhed. De vidste ikke, at man ikke må stjæle, da alting var
fælles imellem dem, eller at man måtte være mådeholden, for
de kunne få så meget, de ville af de tarvelige retter der blev
serveret, eller at man ikke måtte lyve, for de havde ikke nogen
sandhed at skjule. Man havde aldrig gjort dem bange ved at
sige til dem, at Gud straffer utaknemlige børn, for hos dem
havde mødrenes venlighed blot fremkaldt kærlighed. Af den
katolske troslære, havde man kun lært dem det, der bringer en
til at elske religionen, og de fremsagde ikke lange bønner i
kirken. Overalt hvor de var, inde i huset, ude på marken eller

dybt inde i skoven, vendte de deres uskyldige hænder og hjerter mod himlen og var fulde af kærlighed til deres mødre.

Paul med sin elskede Virgenie.

Således hengik deres spæde barndom som en skøn morgenrøde, der bebuder en endnu skønnere dag. De begyndte allerede at hjælpe deres mødre i huset, og så snart hanens galen forkyndte den nye morgen, stod Virginie op for at hente vand ved den nærliggende kilde og gik derefter ind i huset for at lave morgenmad. Snart efter, når solen stod op og lidt efter lidt forgyldte klippernes toppe, begav Marguerite og hendes søn sig hen til fru La Tour. Derpå fremsagde de sammen en morgenbøn og indtog deres første måltid, hyppigt uden for døren siddende i græsset under en løvhytte af pisangpalmer, der på én gang forsynede dem med deres nærende frugter og dækketøj i form af deres lange, brede, glinsende blade. En sund og rigelig kost gjorde at de to børn voksede hurtigt, og den milde opdragelse de modtog prægede deres ansigtsudtryk. Virginie var kun tolv år gammel, men hendes krop var allerede mere end halvt færdigudviklet. Langt, lyst hår bølgede om hendes hoved og hendes blå øjne og koralrøde læber kastede en mild glans over hendes friske ansigt. Hun var et stort smil når hun talte, men når hun tav, gav hendes mod himlen rettede blikke hende et præg af ualmindelig følsomhed og endog et let anstrøg af tungsind. Hos Paul så man allerede spiren til en maskulin krop under de yndefulde, ungdommelige træk. Han var højere af skikkelse end Virginie, hans ansigtsfarve var mere brun, hans næse mere krum og hans mørke øjne ville have haft et stolt udtryk, havde det ikke været for de lange øjenvipper, der stod som pensler omkring dem og gjorde dem mildere. Skønt han altid var aktiv, blev han rolig, så snart hans søster viste sig og satte sig ned ved hans side, og ofte hengik deres måltider, uden at de sagde et eneste ord til hinanden. Når man oplevede deres tavshed og så deres barnlige stillinger og deres skønne nøgne fødder, kunne man have antaget dem for en marmorgruppe fra oldtiden, der forestillede to af Niobes børn. Når deres blikke søgte hinanden og et smil fra den ene besvaredes med et endnu mildere smil fra den anden, så ville man have troet, at de var engle fra himlen, hvis natur blot var at elske hinanden, uden at behøve at udtrykke følelser gennem tanker eller ord.

3. kapitel

Dog følte fru La Tour, ved at se sin datter udvikle sig på en så yndefuld måde, sin ængstelse vokse med sin ømhed, og hun sagde ofte til mig: "Hvis jeg tilfældigvis skulle dø, hvad vil der da blive af Virginie, som intet ejer?"

Fru La Tour havde i Frankrig en moster, en fornem frøken, rig, gammel og gudfrygtig, der på en så hårdhjertet måde havde nægtet at understøtte hende, dengang hun havde giftet sig med sin mand, at hun havde lovet sig selv aldrig igen at bede hende om hjælp, hvor svær en situation hun end befandt sig i. Nu da hun var blevet mor, frygtede hun ikke længere skammen ved et afslag, og hun underrettede sin moster om mandens u- ventede død, datterens fødsel og den situation, hvori hun be- fandt sig langt borte fra sin hjemstavn, uden nogen støtte og med et barn at forsørge, men hun fik intet svar. Hun var ikke længere nervøs for at ydmyge sig og udsætte sig for familiens bebrejdelser, eftersom de aldrig havde tilgivet hende, at hun havde ægtet en mand af ringe herkomst. Hun skrev derfor til mosteren ved alle lejligheder for at forsøge at påvirke hendes hjerte til gunst for Virginie, men mange år var gået, uden at hun havde modtaget noget tegn fra hende.

Endelig i året 1738, tre år efter at Mahé de Labourdonnais var kommet her til øen som guvernør, erfarede fru La Tour, at han havde et brev med til hende fra hendes moster. Hun skyndte sig til Port Louis, denne gang uden bekymringer om at vise sig der i sine fattige klæder, eftersom moderglæden hævede hen- de over hensynet til, hvad folk ville sige. Guvernøren gav hen- de ganske rigtig et brev fra mosteren, hvori hun gav udtryk for, at hun havde fortjent sin skæbne, fordi hun havde ægtet en eventyrer og en fritænker, og at lidenskab bringer straf med sig, som at hendes mands tidlige død var en retfærdig straf fra Gud, men at hun havde gjort det rigtige i at tage til kolonierne for ikke at vanære sin slægt i Frankrig. Hun mente også, at hun jo dog, når alt kom til alt, befandt sig i et godt land, hvor alle, med undtagelse af de dovne, gjorde deres lykke. Efter således at have talt dunder, sluttede hun af med at rose sig selv og påstod, at hun aldrig havde giftet sig, for at undgå de sørgelige følger deraf. Sandheden var, at hun, ærgerrig som hun var, kun havde villet ægte en mand af fornem stand, men skønt hun var meget rig, og skønt man ved hoffet normalt var ligeglad med alt, undtagen formue, havde der ikke indfundet sig nogen, der ville ægte en så grim og hårdhjertet pige.

Hun tilføjede, at hun efter nærmere overvejelse havde anbefalet fru La Tour til Labourdonnais. Det havde hun også ganske rigtig gjort, men på den måde, man gør det nu til dags, hvor en beskytter kan være farligere end en åbenlys fjende.

Fru La Tour, som enhver upartisk person straks ville have følt sympati og respekt for, blev mødt med stor kulde af guvernøren. Han svarede hende kun med korte sætninger, og på hendes fremstilling af sin og datterens situation, sagde han blot: "Jeg skal se på det ... det vil vise sig ... med tiden ... der er så mange uheldigt stillede ... hvorfor har De vakt en hæderlig mosters vrede? ... uretten er på Deres side."

Fru La Tour vendte hjem til sin bolig i dyb sorg og fuld af bitterhed. Da hun var kommet ind i stuen, satte hun sig ned, lagde sin mosters brev på bordet og sagde til sin veninde: "Der har man så frugterne af elleve års tålmodig venten!" og da hun var den eneste af dem, der kunne læse, tog hun igen brevet og læste det højt for de forsamlede. Næppe var hun færdig med at læse brevet, før Marguerite i en livlig tone sagde til hende: "Hvorfor har vi brug for dine slægtninge? Har Gud måske slået hånden af os? Han alene er vor fader. Vi har jo hidtil levet lykkeligt, så hvorfor bekymrer du dig?" Da hun opdagede at fru La Tour begyndte at græde, faldt hun hende om halsen, trykkede hende ind til sig og sagde: "Kære veninde, kære veninde!" men hendes egen gråd kvalte helt og aldeles hendes stemme. Ved dette syn brast Virginie i gråd og trykkede skiftevis sin mors og Marguerites hænder til sine læber og sit hjerte, og Paul stod med vrede øjne og skreg, mens han knyttede næverne uden at vide, mod hvem han skulle vise sin harme. Optrinet fik Domingo og Marie til at komme løbende, og man hørte nu i hytten kun smertensskrig som: "Åh, frue, kære frue, mor, græd ikke!"

Ved så kærlige tegn på venskab mindskedes fru La Tours sorg, og hun tog Paul og Virginie i sine arme og sagde med tilfreds mine: "Kære børn, det er jer, der er skyld i min sorg, men I er tillige al min glæde. Mine kære børn, ulykken er kommet langt borte fra, men lykken er her hos mig." Paul og Virginie forstod ikke helt hvad hun mente, men da de så, hun igen var blevet rolig, smilede de og gav sig til at kærtegne hende. Således vedblev de alle at være lykkelige, og uvejret drev over.

4. kapitel

De to børns naturlige elskværdighed udviklede sig dag for dag. En tidlig søndag morgen, da deres mødre var gået til messe i kirken i Pamplemousses, fandt de under de pisangpalmer, der omgav deres bolig, en bortløben slavinde. Hun var lige så afmagret som et skelet og havde ikke andre klæder på end et pjaltet stykke sækkelærred om lænden. Virginie var i gang med at forberede familiens morgenmad, og slavinden kastede sig for hendes fødder med ordene: "Unge frøken, hav medlidenhed med en stakkels flygtende slavinde. Jeg har nu i en måned flakket rundt i disse bjerge halvdød af sult og ofte forfulgt af jægere med deres hunde. Jeg flygter fra min herre, en rig nybygger ved floden Rivière Noire. De kan selv se, hvorledes han har mishandlet mig." Hun viste Virgenie sin krop, der var furet af dybe ar efter de piskeslag, hun havde fået, og tilføjede: "Jeg havde først tænkt på at drukne mig, men da jeg erfarede, at De boede her, sagde jeg til mig selv, at siden der endnu findes gode hvide mennesker i dette land, så vil jeg ikke dø." Virginie svarede hende rørt: "Vær kun rolig, ulykkelige stakkel, spis, spis!" og hun gav hende den færdige morgenmad, som slavinden hurtigt spiste. Da Virginie så, at hun var mæt, sagde hun: "Stakkels ulykkelige kvinde, jeg har lyst til at gå hen og bede Deres herre om nåde. Når han ser Dem, vil han blive rørt af medlidenhed. Vil De føre mig til ham?" "De Guds engel," svarede slavinden, "jeg vil følge Dem overalt, hvor De vil." Virginie kaldte på sin bror og bad ham ledsage dem. Slavinden førte dem ad små stier gennem skovene, op over høje bjerge, som de havde stort besvær med at komme over, og brede floder, som de vadede igennem.

Endelig kom de midt på dagen til foden af en høj ved Rivière Noires bred og så der et velbygget hus, udstrakte beplantninger og en mængde slaver, der var beskæftigede med forskellige gøremål. Midt iblandt dem gik deres herre med en pibe i munden og en spanskrør i hånden. Det var en høj, slank mand med olivengul hud og dybtliggende øjne med buskede mørke bryn. Andægtigt nærmede Virginie sig med Paul ved hånden slaveejeren og bad ham for Guds skyld tilgive sin slavinde, der

Paul og Virgenie beder slaveejeren om nåde for den bortløbne slavinde.

stod nogle skridt bag ved dem. I begyndelsen værdigede manden ikke disse to fattigt klædte børn megen opmærksomhed, men da han først havde lagt mærke til Virginies slanke skikkelse og det skønne hoved med de lyse krøller under den blå kyse, og efter at han havde hørt den milde klang af hendes stemme, der skælvede ligesom hele hendes krop, da hun bad ham om nåde, tog han piben ud af munden og bandede, idet han løftede spanskrøret i vejret, og svor så en ed på, at han tilgav sin slavinde, ikke for Guds, men for Virginies skyld. Virgenie vinkede straks til slavinden, at hun skulle gå hen til sin herre, hvorefter hun og Paul skyndte sig bort.

De fulgtes nu op ad den anden side af den høj, ad hvilken de var kommet ned, og da de havde nået dens top, satte de sig under et træ, overvældede af træthed, sult og søvnighed. De havde, siden solen stod op tilbagelagt ca. 15 kilometer på fastende hjerte, og Paul sagde til Virginie: "Kære søster, klokken er sikkert langt over tolv. Du er sulten og tørstig, men her er ikke noget at spise. Lad os igen gå ned og bede slavindens herre om noget mad." "Åh nej, Paul," svarede Virginie, "han gjorde mig så bange. Husk på, hvad mor ofte har sagt: Et slet menneskes brød fylder éns mund med grus." "Hvordan skal vi så klare os?" spurgte Paul. "Disse træer frembringer kun uspiselige frugter, her er ikke så meget som bare lidt tamarind eller nogle lemoner til at forfriske dig." "Gud vil have medlidenhed med os," svarede Virginie. "Han hører småfuglenes røst, når de beder ham om føde."

Næppe havde hun sagt dette, før de hørte den rislende lyd af en kilde, der flød ned fra en nærliggende klippe. De ilede derhen, slukkede deres tørst med dens krystalklare vand og plukkede og spiste lidt brøndkarse, der voksede ved dens bred. Just som de så sig om til alle sider for om muligt at opdage lidt kraftigere føde, fik Virginie blandt skovens træer øje på et ungt palmetræ, hvis marv er en god og nærende kost. Skønt dets stamme ikke var tykkere end et ben, så var det over 15 meter højt. Vel består træets stamme kun af et bundt trævler, men overfladen er så hård, at selv de bedste økser bliver slået tilbage, når man hugger i det, og Paul havde ikke engang en kniv. Han fik nu den ide at tænde et bål ved palmetræets fod, men der viste sig et nyt problem, for han havde ikke noget fyrtøj, og desuden tror jeg ikke, man på denne klipperige ø ville kunne finde en eneste flintesten.

Men nøden gør opfindsom, og ofte har man de almindelige mennesker at takke for de nyttigste påfund. Paul besluttede at tænde ild på samme vis som de indfødte. Med spidsen af en sten lavede han et lille hul i en vissen gren, som han holdt fast under sine fødder. Derpå skar han med samme stens skarpe kant en spids på en anden, ligeledes vissen mindre gren af en anden træsort. Derefter stak han det spidse træstykke ind i det lille hul på den gren, der lå under hans fødder, og rullede den hurtigt mellem hænderne. Efter nogen tid sås der røg og gnister, og han samlede nu nogle visne urter og kviste og tændte et bål ved foden af palmetræet, der snart efter faldt med et brag. Ilden var ham dernæst til nytte ved at skille marven fra de lange, træagtige, stikkende blade, der udgjorde dets hylster.

Virginie og han spiste en del af marven rå og resten bagt i asken og fandt begge lige velsmagende. De holdt dette tarvelige måltid, glade ved mindet om den gode gerning, de om morgenen havde gjort, men deres glæde blev formørket ved den ængstelse, de nok kunne fornemme, at deres fraværelse fra huset havde vækket hos deres mødre. Virginie vendte ofte tilbage til dette emne, men Paul, der følte sine kræfter styrkede, forsikrede hende, at det ikke ville vare længe, inden de igen kunne gense deres familie.

Efter måltidet kom de til at tænke på, at de ikke var helt sikre på, at de kunne finde vejen hjem. Paul var dog ikke bekymret og sagde til Virginie: "Vores hytter vender mod middagssolen, vi må derfor ligesom i morges gå over det bjerg med de tre toppe, du ser der henne. Nå, kom, lad os gå, kære ven!" Bjerget var Trois Mamelles, således kaldet, fordi dets tre toppe havde form som yvere. De gik altså ned ad højen ved Rivière Noire på den nordlige side og kom efter en times tid hen til bredden af en større flod, der spærrede deres vej. Denne store, skovklædte del af øen var endnu så ukendt, at mange af områdets floder og bjerge end ikke havde noget navn. Den flod, ved hvis bred de befandt sig, flød hen over en klipperig eng, og vandets brusen skræmte Virginie, så hun ikke turde træde ud i den for at vade over, men Paul løftede hende op på sin ryg og gik med sin byrde over flodens glatte klipper. "Vær ikke bange," sagde han til hende. "Jeg føler mig stærk ved din side. Hvis slaveejeren ved Rivière Noire floden havde nægtet at benåde slavinden, ville jeg have givet mig til at slås med ham." "Ville du virkelig?" spurgte Virginie. "Sådan en stor, slem mand! Hvad har jeg dog ikke udsat dig for? Gud, hvor det er svært at gøre det gode! Kun det onde er let at gøre."

Da Paul var kommet over på den anden bred, ville han fortsætte sin vej med sin søster på ryggen og håbede således at kunne bestige Trois Mamelles, som han så et par kilometer længere fremme. Snart svigtede hans kræfter ham dog, og han blev nødt til at sætte sin søster ned på jorden og hvile sig ved hendes side. Da sagde Virginie: "Kære bror, dagen går på hæld, du har endnu kræfter, men mine begynder at svigte mig.

Paul bærer Virgenie over den brusende flod på vejen hjem.

Lad mig derfor blive her, mens du går tilbage til vor hytte for at berolige vore mødre!" "Nej, vist ikke," svarede Paul. "Jeg forlader dig ikke. Hvis mørket overrasker os her i disse skove, tænder jeg ild og fælder et palmetræ. Du kan spise marven, og af bladene kan jeg bygge en løvhytte, som kan give dig ly." Imidlertid havde Virginie fået hvilet sig lidt, og hun plukkede nogle lange bregneblade ved en gammel træstamme, der hældede ud over flodens bred, og af dem lavede hun fodtøj. Hun havde nemlig af lutter iver for at hjælpe slavinden, helt glemt at tage sko på hjemmefra, og de mange sten på vejen havde fået hendes fødder til at bløde. De kølige blade lindrede hendes smerter og hun brækkede en bambusgren af og gav sig på vej, mens hun med den ene hånd støttede sig til sin bror og med den anden til bambusgrenen.

De gik således langsomt gennem skoven, men træerne var så høje og deres løv så tæt, at de snart tabte Trois Mamelles af syne, ja endog heller ikke kunne se solen, der allerede var ved at gå ned. Efter nogen tids forløb kom de, uden at mærke det, bort fra stien, de hidtil da havde fulgt, og befandt sig nu i et uoverskueligt virvar af træer, slyngplanter og klipper. Paul lod Virginie sætte sig ned og begyndte, helt ude af sig selv, at løbe hid og did for at lede efter en vej ud af det tætte krat, men hans anstrengelser var forgæves. Til sidst krøb han op i toppen af et højt træ for i det mindste at få øje på Trois Mamelles, men han så ikke andet omkring sig end trætoppene, af hvilke nogle blev oplyst af den nedgående sols sidste stråler. Så småt begyndte bjergenes skygge at dække skovene i dalen, og vinden lagde sig, som den plejer ved solnedgang. En dyb stilhed herskede i disse ensomme egne, hvor man ikke hørte anden lyd end brølene fra de store hjorte, der kom og søgte ly for natten her. Da råbte Paul, i håb om at en eller anden jæger kunne høre ham, af sine lungers fulde kraft: "Kom og hjælp Virginie!" men kun skovens ekko svarede ham og gentog flere gange: Virginie, Virginie!

Han kravlede ned fra træet overvældet af træthed og sorg, og forsøgte at finde ting til at lave et leje for natten, men der var hverken palmetræer eller kilder eller endog visne kviste, som han kunne tænde ild med. Han mærkede da hvor hjælpeløs, han egentlig var, og gav sig til at græde. Virginie sagde til ham: "Græd ikke, min ven, hvis du ikke vil gøre mig mere bedrøvet. Det er mig, der er skyld i al din nød og den sorg, som vore mødre nu må føle. Man skal aldrig gøre noget, selv om det er noget godt, uden at spørge sine forældre først. Ak, jeg har væ-

Overvældet af træthed beder *Paul og Virginie* Gud om med-
ynk.

ret så uforsigtig!" og hun gav sig til at udgyde tårer, men sagde
dog til Paul: "Lad os bede til Gud, så vil han sikkert have med-
ynk med os."

Næppe var de færdige med deres bøn, før de hørte en hund
gø. "Det er vel en jæger med en jagthund, der har fået færten
af en hjort," sagde Paul. Hundens gøen kom lidt efter lidt nær-
mere, og Virginie sagde: "Jeg synes, det lyder som Fidèle. Ja,

Fidèle og Dominique finder Paul og Virginie.

jeg kan kende dens stemme. Skulle vi mon være så tæt på vo-
res hjem?" Ganske rigtig og et øjeblik efter lå Fidèle gøende
og logrende for deres fødder. De kunne ikke komme sig over
deres forbavselse, men så nu Domingo komme løbende hen til
dem. Han græd af glæde, og det samme gjorde de, uden at
kunne sige et eneste ord. Da Domingo endelig var blevet sig
selv, sagde han: "Kære børn, jeres mødre har været så æng-
stelige. De blev meget forskrækkede, da de kom hjem fra
gudstjenesten sammen med mig og ikke fandt jer hjemme!
Marie havde ikke været i stand til at fortælle os, hvor I var gået
hen, så jeg tog da jeres klæder og lod Fidèle snuse til dem, og
straks forstod det kære dyr mig og gav sig til at lede efter jeres
fodspor og førte mig, stadig logrende med halen, hen til Rivière
Noire floden. Der fik jeg at vide af en nybygger, at I havde
bragt ham en bortløben slavinde, og at han havde benådet
hende, men hvilken benådning! Han viste mig hende bundet
med en lænke om benet til en træblok og med et jernhalsbånd
med tre kroge om halsen. Derfra førte Fidèle mig, stadig log-

rende hen til højen ved Rivière Noire, hvor han atter standsede og gøede af alle kræfter ved bredden af en kilde, hvor der lå et fældet palmetræ tæt ved en endnu rygende ild. Til sidst førte han mig herhen. Vi er ved foden af Trois Mamelles, og der er endnu godt og vel 15 kilometer hjem. Nå, men spis nu og kom til kræfter."

Derpå rakte han dem en kage, noget frugt og en stor flaske fuld af en drik, der bestod af vand, vin, lemonsaft, sukker og muskat, som deres mødre havde lavet, for at de kunne styrke og forfriske sig. Virginie sukkede ved mindet om den stakkels slavinde og deres mødres ængstelse. Hun gentog flere gange: "Hvor er det svært at gøre det gode!" Mens hun og Paul styrkede sig, tændte Domingo et bål, og efter at han i klipperne havde fundet et krumt stykke harpiksholdigt træ, der brændte med stærk flamme, selv om det var ganske friskt, lavede han deraf en fakkel, som han tændte, men der viste sig et større problem i deres videre færd.

Hverken Paul eller Virginie kunne nemlig gå længere, da deres fødder var opsvulmede og ganske røde. Domingo var i tvivl om han skulle gå hjem for at hente hjælp eller tilbringe natten der sammen med dem, og han udbrød: "Der var en tid, hvor jeg kunne bære jer begge på ryggen på én gang! Nu er I store, og jeg er gammel." Under denne betrængte situation kom en flok bortløbne slaver forbi, og deres leder henvendte sig til Paul og Virginie med ordene: "I gode hvide, vær ikke bange! Vi så jer i morges komme forbi med en slavinde fra Rivière Noire. I ville hen for at bede om nåde for hende hos hendes onde herre. Til tak skal vi nu bære jer tilbage til jeres hjem på vore skuldre." Derpå gav han tegn til de andre, og fire kraftige slaver lavede af grene og slyngplanter en båre, hvorpå de lagde Paul og Virginie, og tog den op på skuldrene, mens Domingo gik foran med sin fakkel. Således begav de sig på vej under hele flokkens glædesråb og velsignelser. Virginie sagde rørt til Paul: "Aldrig lader Gud en god gerning være ubelønnet." Henad midnat kom de til foden af deres bjerg, hvis skråning var oplyst af flere blus, og de hørte stemmer, der råbte: "Er det jer, børn?" De svarede med slaverne: "Ja, det er os." Og snart fik de øje på deres mødre og Marie, der kom dem i møde med brændende fakler. "I slemme børn," sagde fru La Tour, "hvor kommer I fra? Hvor har vi dog været ængstelige på grund af jer!" Virginie svarede: "Vi kommer fra Rivière Noire, vi har været nede at bede om nåde for en stakkels bortløben slavinde, som jeg i morges gav vor frokost, fordi hun var nær ved at dø af sult, og nu har sleverne båret os hjem." Fru La Tour kyssede sin datter uden at kunne få et ord frem, og Virginie, der følte sit ansigt vædet af sin mors tårer, sagde til hende: "Du belønner mig nu for alt det onde, jeg har oplevet." Marguerite trykkede henrykt Paul i sine arme og sagde til ham: "Også du, kære søn, har gjort en god gerning." Da de var kommet ind i deres hytter gav de slaverne noget mad, hvorefter disse ønskede dem alt muligt godt og vendte tilbage til skoven.

5 kapitel.

Hver enkelt dag, der gik, bragte blot disse to familier mere lykke og fred. De hjemsøgtes hverken af misundelse eller ærgerrighed, og de søgte ikke uden for hjemmet forfængelighedens ry, som man skaffer sig ved sammensværgelser og mister ved bagvaskelse. De nøjedes med at være deres egne vidner og dommere. På denne ø, hvor folk ligesom blandt alle europæiske nybyggere for det meste kun var interesserede i ondskabsfuld sladder, var der ingen, der kendte deres dyder eller sågar deres navne. Når folk i området blev spurgt af forbipasserende på vejen til Pamplemousses, hvem der ejede de to små hytter, fik de altid det samme svar: "Det er skikkelige folk." Således dufter violerne under tornefulde buske langt borte, skønt man ikke kan se dem.

De to familier havde i deres samtaler bandlyst al bagtalelse, som under et skær af retfærdighed nødvendigvis stemmer éns hjerte til had eller falskhed, for man kan ikke lade være med at hade folk, når man tror, de er onde, og man kan ikke leve sammen med onde mennesker, hvis man ikke skjuler sit had under et falsk skær af venlighed. Således presser bagtalelsen én til at være ond mod andre eller mod en selv, men uden at bedømme menneskene enkeltvis, talte disse familier kun om mulighederne for i al almindelighed at gøre godt mod alle, og skønt de ikke havde magt til det, havde de bestandig den bedste vilje, der fyldte deres sind med en venlighed, de altid var rede til at udbrede til andre. Skønt de levede ensomt, var de langt fra at være uciviliserede, kun var de blevet så meget mere menneskelige, og ligesom samfundets skandalehistorier ikke var et emne i deres samtaler, så fyldte indtrykkene fra naturen dem med fryd og henrykkelse. De oplevede med stor glæde at deres omsorgsfuldhed mod naturen, som ved deres hænders arbejde blandt disse golde klipper, havde skabt en overflødighed, der blot blev større år for år.

Skønt Paul kun var tolv år gammel, var han kraftigere og mere kvik, end europæerne normalt er i femtenårsalderen. Han havde forskønnet og forbedret hvad Domingo havde dyrket, og han fulgte ham tit op i de nærliggende skove, hvor han med rode oprykkede unge stiklinger af lemontræer, tamarinder, hvis runde top har en så smuk, grøn farve, og daddeltræer, hvis frugt var fuld af en sød saft, der dufter som lemontræets blomst, og han plantede disse træer, der allerede havde nået en vis højde, i indhegningen omkring hytterne. Han havde også sået frø af træer, der allerede det andet år bærer blomster eller frugter, såsom agathis, persisk syren, der sender sine blågrå blomsterknipper lige op i luften, og papayatræet, hvis grenløse stamme var som en søjle besat med grønne, melonagtige frugter under en paraply af brede blade, der ligner figenblade. Endvidere havde han plantet frø og kerner af mango, laurbær, guava og sapotil, og de fleste af disse træer gav allerede deres unge herre skygge og frugter. Hans hårde arbejde havde gjort selv de goldeste pletter af dette indhegnede område frugtbare. Forskellige aloearter, opuntiakaktusser med deres rødgule blomster og den tornede søjlekaktus hævede sig op over klippernes mørke tinder, og lange lianer, med deres blå eller skarlagenrøde blomster, hang hist og her ned fra de stejle bjergskråninger.

Han havde anbragt væksterne således, at man kunne nyde synet af dem med ét blik. Midt i dalen stod de lavere planter og græsser, derefter kom buske, så træer af middelstørrelse og til sidst de høje træer, der omkransede det hele, således at det store indelukke, set fra midten, frembød et panorama af løv, frugter og blomster, der omfattede grøntsager samt ris- og kornmarker. Dog havde han ved udførelse af sin plan taget hensyn til hver enkelt væksts natur og havde på de højere steder plantet de vækster, hvis frø flyver gennem luften, og i vandkanten dem, hvis frø er beregnet på at kunne flyde med strømmen. Således voksede hver plante i passende omgivelser, og gav med sin vækst stedet et naturligt smykke. De vandstrømme, der flyder ned fra klippernes top, dannede i bunden af dalen snart kilder, snart brede vandspejl, der gengav billedet af de blomstrende træer, klipperne og den blå himmel.

Til trods for terrænets store ujævnhed var alle disse afgrøder for det meste lige så tilgængelige som de var synlige, men naturligvis var vi altid klar med gode råd, så han kunne lykkes med sine forehavender. Han havde anlagt en sti rundt om dalen med flere stikveje ind til midten. Til stikvejene havde han benyttet de mest ujævne dele, så der både var taget hensyn til let adgang, men samtidig værnet om de frugtbareste steder og de vilde træer. Af den store mængde rullesten, der besværliggjorde passagen af disse veje, havde han hist og her samlet små bunker, mellem hvis lag han havde blandet jord og rødder af roser, caesalpinia og andre buskvækster, der trives vel i sådanne omgivelser, og på kort tid blev disse mørke, barske stendysser klædt i grønt med spraglede blomster. Kløfterne omkransedes af gamle træer, der bøjede sig ud over deres kanter og derved dannede skyggefulde hvælvinger, hvor tropeheden ikke kunne trænge ned, og hvor man derfor om dagen kunne finde kølighed. En sti førte ind under en gruppe vildtvoksende træer, i hvis midte der, i ly for vinden, groede et dyrket træ tæt besat med frugter. Det ene sted traf øjet en kornmark, det andet en frugthave og for enden af en gang de utilgængelige bjergtoppe. Stedet havde en lille lund med tæt løv, hvor man knapt kunne se dagens lys på grund af de mange lianer, mens man derimod fra den nærmeste klippepynt, kunne se alle de andre klipper omkring dalen og i det fjerne havet, hvor der undertiden viste sig et skib på vej fra eller til Europa. På denne pynt samledes de to familier ofte om aftenen og nød i stilhed den kølige luft, blomsternes duft, kildernes rislen og lysets og skyggernes sidste fremtoninger. De fleste af disse små yndige opholdssteder havde fået deres eget navn, således hed den sidstnævnte klippe, hvorfra de langt borte kunne se mig komme, 'Venskabshøjen.' Paul og Virginie havde der under deres leg anbragt en bambusstang, i hvis top de plejede at hejse et lille, hvidt tørklæde, når de fik øje på mig, ligesom man hejsede et flag på Signal Mountain, når man fik et skib i sigte. Jeg fik da det indfald at skære en tekst på bambusstangen for skønt jeg på mine rejser altid har frydet mig ved synet af et gammelt mindesmærke, så glædede det mig endnu mere at læse en vel affattet indskrift. Det var da, som om en menneskelig røst talte til mig fra stenen for at bringe bud fra fjerne tider og sige til et menneske midt i ørkenen, at han ikke er alene, men at andre mennesker på de samme steder har følt, tænkt og lidt som han. Hvis nu en sådan indskrift hidrører fra et oldtidsfolk, der for længst er ophørt med at leve, fører den dets sjæl ind i uendeligheden og giver den en følelse af udødelighed ved at vise den, at en tanke har overlevet rigets undergang. Jeg skrev derfor på Paul og Virginies lille flagstang et par verselinier af Horatius, men Virginie syntes ikke om min latinske indskrift og sagde, at den var for lang og for lærd, og hun tilføjede, at hun hellere ved foden af sin flagstang ville have skrevet: Bestandig i bevægelse, men dog urokkelig. Jeg svarede hende, at dette valgsprog ville passe bedre på hendes dyd, en bemærkning der fik hende til at rødme.

Disse to lykkelige familier omfattede med samme kærlighed alle deres omgivelser og havde givet de tilsyneladende mest ligegyldige genstande de ømmeste navne. En lille græsplæne omkranset af pisangpalmer og lemontræer, og hvor Paul og Virginie undertiden dansede, hed 'Enigheden.' Et gammelt træ, under hvis skygge fru La Tour og Marguerite havde siddet og fortalt hinanden om deres genvordigheder, blev kaldt 'De aftørrede Tårer.' Nogle små jordstrimler, hvori de havde sået korn og ærter, kaldte de 'Bretagne' og 'Normandie,' ligesom Domingo og Marie, der også ønskede at mindes deres fødesteder, gav to enge, hvor de planter voksede, hvoraf de lavede kurve, og hvor de havde plantet en kalabas, navnene 'Angola' og 'Foullepointe.' Således mindedes disse landflygtige mennesker deres fædrelande gennem vækster, der groede i deres hjemlande og dulmede deres hjemlængsler. Ak! Jeg har hørt en mængde skønne benævnelser på træer, klipper og kilder på dette nu så ødelagte sted, der ligesom et græsk landskab kun har ruiner og rørende navne tilbage.

Det yndigste af alle disse navne, var dog det, der hed 'Virginies Ro.' Ved foden af 'Venskabshøjen' ligger en sænkning, hvor der rislede en lille kilde, som straks efter sit udspring udviklede sig til en større pyt midt i en eng med fint græs. Da Marguerite havde født Paul, forærede jeg hende en kokosnød, som hun lagde ved bredden af kilden, for at det træ, der ville vokse op af den, engang kunne tjene som minde om hendes søns fødsel, og fru La Tour fulgte hendes eksempel og lagde en kokosnød i samme øjemed, da Virginie kom til verden. De blev til to smukke palmetræer og blev kaldt henholdsvis 'Pauls Træ' og 'Virginies Træ.' De voksede begge, i samme forhold som deres unge herskab op til forskellig højde og ragede efter tolv års vækst op over hytterne, hvor de allerede begyndte at slynge deres løv ind i hinanden og lade deres tunge nødder hænge ned over kilden. Med undtagelse af disse to palmer havde man ladet dalen være uberørt, som den var fra naturens hånd. Brede venushår strålede som grønne og sorte stjerner ud over den brune, fugtige klippeside, og store bregneblade hang som lange, rødliggrønne bånd og dinglede for vinden. Tæt ved groede der en bræmme af tropiske vincaer, hvis blomster næsten ligner levkøjer, og blodrød spansk peber, der skinnede som koraler, mens balsaminen med sine hjerteformede blade og basilikumplanten med sin levkøjeagtige duft fyldte luften med vellugt, og lianer slyngede sig som lange, grønne gardiner ned fra de stejle bjergtoppe.

Dette rolige afsides beliggende sted lokkede havfuglene til at tilbringe natten der, og man så ved solnedgang strandløbere og regnspover flyve langs strandbredden og sorte fregatfugle og hvide tropikfugle søge ind fra Det indiske Ocean, når solen var ved at gå ned. Virginie yndede at hvile sig ved bredden af denne kilde med dens vilde, skønne natur og der plejede hun også at vaske familiens linned i skyggen af de to kokospalmer. Med mellemrum førte hun også sine geder ud på græs der og morede sig, mens hun pressede ost af deres mælk, med at se dem nippe venushår fra klippesiden og balancere på de fremspringende pynter. Paul, der så, at det var Virginies yndlingssted, bragte alle slags fuglereder derhen fra den nærmeste skov, og de gamle fulgte ungerne hen til dette nye sted. Fra tid til anden fodrede Virginie dem med ris-, majs- og hirsekorn. Så snart hun kom, fløj de syngende drosler, de sødt kvidrende finker og de ildrøde kardinalfugle hende i møde og de smaragdgrønne papegøjer fløj ned fra de nærmeste viftepalmer. Agerhøns kom løbende i græsset hen til hendes fødder som tamme høns, og hun og Paul betragtede dem med henrykkelse under deres fodring og under deres elskovsspil.

I elskelige børn, I tilbragte således i uskyld de første år af jeres liv, idet I øvede jer i at gøre godt. Hvor ofte stod ikke jeres mødre på dette sted og trykkede jer i deres arme, mens de velsignede himlen for den trøst, I beredte deres alderdom, og for de heldige varsler, under hvilke de så jer træde ind i livet! Hvor mange gange har jeg ikke, under ly af disse klipper, med dem delt jeres landlige måltider, der ikke havde kostet noget dyr livet! Kalabasser fulde af mælk, frisklagte æg, riskager på pisangblade, kurve med batater, mangoer, lemoner, granatæbler, pisanger, dadler og ananas gav os på samme tid de sundeste spiser, de livligste farver og de behageligste drikke. Samtalen var lige så stilfærdig som disse måltider. Paul talte ofte om, hvad han havde foretaget sig og den næste dags forestående arbejde. Han havde altid nye ideer, der kunne være det lille samfund til nytte. Her var passagen på en sti for vanskelig, dér sad man for dårligt, og der gav de unge løvhytter ikke skygge nok, og således ville Virginie have det bedre dér.

I den regnfulde tid af året var de alle samlet i hytten hele dagen, både herskab og tjenestefolk og beskæftigede sig med at flette måtter af plantetrævler og kurve af bambus. Langs væggene var river, økser og spader opstillet i den bedste orden, og ved siden af disse redskaber den høst, de havde skaffet familierne, såsom sække med ris, kornneg og klaser af pisangbananer. Med denne overflødighed havde man også overskud til at fremstille velsmagende drikke, og Virginie havde af Marguerite og sin mor lært at lave styrkende læskedrikke af sukkerrørssaft og lemoner.

Når mørket faldt på, spiste de til aften ved lampelys, og dernæst plejede fru La Tour eller Marguerite så at fortælle historier om rejsende, der om natten var faret vild i Europas skove og var blevet overfaldet af røvere, eller om fartøjer, der havde lidt skibbrud og af stormen var blevet kastet ind mod klipperne på en øde ø. Sådanne beretninger rørte børnenes følelsesladede sjæle dybt, og de bad til himlen om den nåde engang at måtte kunne udvise sådanne ulykkelige mennesker deres gæstfrihed. Derpå skiltes de to familier for at søge hvile og glædede sig til atter at ses den næste dag. Stundom faldt de i søvn ved lyden af den plaskende regn, når den faldt i kaskader på hyttens tag, eller ved vindens susen, når den bragte dem lyden af det fjerne brus af bølger mod strandbredden. De takkede Gud for deres personlige sikkerhed, som de følte dobbelt under indtrykket af den fjerne fare.

6. kapitel

Fra tid til anden læste fru La Tour et eller andet stykke op fra det gamle eller det nye testamente. De stillede ikke mange spørgsmål til beretningerne fra disse hellige bøger, for deres troslære var ligesom naturens en følelsessag, og deres moral-lære bestod ligesom evangeliets blot i at handle rigtigt. De havde ikke visse dage bestemt til glæde og andre til sorg, men hver dag var for dem en fest og deres omgivelser var et gud-dommeligt tempel, hvor de uophørligt kunne beundre fornuftige og venligsindede medmennsker. Denne følelse af tillid til den højeste magt fyldte dem med trøst over fortiden, mod på nuti-den og håb til fremtiden. Således havde disse to kvinder, der af ulykker var blevet tvunget til at vende tilbage til naturen, i sig selv og i deres børn udviklet sådanne følelser, som naturen skænker os for at forhindre os i at falde tilbage i ulykke.

Da der undertiden, i selv den bedst udrustede sjæl, rejste sig mørke skyer, så plejede de, når et eller andet medlem af deres lille samfund syntes tungsindig, at samle sig om vedkommende og mere med følelser end med ord at få de bitre tanker til at forsvinde. Enhver bar sig da ad, som hans eller hendes særli-ge natur nu ansporede til, Marguerite virkede ved sin livlige munterhed, fru La Tour ved sin milde tro, Virginie ved sine ømme kærtegn og Paul ved sin ligefremme åbenhjertighed. Selv Marie og Domingo ydede deres bidrag. De græd med den grædende og var bedrøvede med den sørgmodige. Således klynger svage planter sig til hinanden for at modstå den stær-ke blæst.

I den milde årstid gik de alle hver søndag til gudstjeneste i kirken i Pamplemousses, hvis klokketårn I ser dernede på den åbne slette. Der kom rige nybyggere i bærestol og de prøvede flere gange at gøre bekendtskab med de to så inderligt sam-menknyttede familier og indbyde dem til udflugter, men de afslog altid på en høflig og ærbødig måde disse tilbud, fordi de var overbeviste om, at rige og mægtige folk kun søger de svages selskab for at møde velvilje, og at man kun ved at rose andres gode og slette egenskaber kan vise sig føjelig overfor dem. På den anden side undgik de også omhyggeligt omgang med folk af den lave stand, fordi disse i regelen var misundelige, bagtaleriske og nedladende. I begyndelsen anså nogle familierne for generte og tilbageholdne, andre for stolte, men trods deres reserverede adfærd var de altid særdeles hjælpsomme over for ulykkelige mennesker, så de efterhånden skaffede sig stor agtelse hos de rige og udbredt tillid hos de fattige.

Efter messen kom der ofte folk og bad dem om tjenester. Enten var det en bedrøvet person, der ønskede et råd, eller et barn, der bad dem om at besøge sin syge mor i nabolaget. De medbragte altid opskrifter på helbredende urter, der var nyttige ved de sygdomme, som nybyggerne plejede at blive hjemsøgt af, og føjede dertil den hjertelighed, der giver selv små tjenester så stor en værdi. Det lykkedes dem især at nedbringe de åndelige lidelser, der er så utålelige under ensomme forhold, når man har et svagt legeme. Fru La Tour talte så tillidsfuldt om det guddommelige, at den syge ved at høre hende var overbevist om dets nærværelse. Ofte kom Virginie hjem fra et sådant besøg med tårevædede øjne, men med et hjerte fyldt med glæde, for hun havde haft lejlighed til at gøre godt. Det var nemlig hende, der lavede de lægemidler, som de syge fik, og som hun rakte dem med usigelig ynde. Når hun og moderen havde aflagt sådanne menneskekærlige besøg, lagde de ofte vejen omkring Montagne Longue og så ind til mig, der ventede dem med middagsmad ved bredden af den lille flod, der løber forbi mit hus. Ved disse lejligheder havde jeg gerne skaffet mig nogle flasker gammel vin for at forøge glæden ved vore indiske måltider med disse hjertestyrkende, europæiske dråber. Til andre tider satte vi hinanden stævne på stranden ved nogle små bækkes udløb. Vi bragte grøntsager og urter med hjemmefra, som vi nu føjede til den spise, som havet i overflødighed forsynede os med. Vi fiskede blæksprutter, hummere, rejer, krabber, søpindsvin, østers og alle slags skaldyr. De mest skrækindjagende steder på stranden bragte os ofte de største glæder, og vi sad ofte på en klippe og så bølgerne ude fra dybet komme og brydes med vældige brag ved vore fødder. Undertiden gik Paul, der forøvrigt svømmede som en fisk, ud på skærene for at møde søerne, men flygtede, når de nærmede sig, ind på strandbredden forfulgt af deres skummende og brølende kamme, der skyllede langt op på sandet efter ham. Ved et sådant syn udstødte Virginie høje skrig og sagde, at den leg gjorde hende bange.

Når vi var færdige med vore måltider, sang og dansede de unge for os. Virginie sang om landlivets lykke og søfolkenes ulykke, som begær driver til hellere at betro sig til et vildt og utæmmeligt element end at dyrke jorden, der fredeligt skænker én så mange goder. Ofte opførte hun sammen med Paul en pantomime på samme vis som sleverne. Pantomimen er menneskets første sprog og kendes af alle folkeslag. Den er så naturlig og udtryksfuld, at det aldrig varer længe, før de hvides børn lærer den, så snart de har set de farvede børn opføre den. Idet nu Virginie mindedes de historier, der havde gjort mest indtryk på hende, når hendes mor læste højt for hende, så fremstillede hun barnligt de vigtigste begivenheder, der forekom deri. Snart kom hun, mens Domingo slog løs på sin tamtam, frem på græsplænen med en krukke på hovedet og gik hen til den nærliggende kilde for at hente vand. Domingo og Marie forestillede hyrder, der forhindrede hende i at komme derhen og lod, som om de stødte hende tilbage. Paul ilede hende da til hjælp, slog hyrderne, fyldte Virginies krukke med vand og satte den på hovedet af hende med en krans af røde nerier, der fremhævede hendes hvide hudfarve. Så tog jeg del i forestillingen, og idet jeg forestillede Raguel, skænkede jeg Paul min datter Sarah til hustru.

En anden gang fremstillede Virginie den ulykkelige Ruth, der som fattig enke vender hjem til sit fædreland, hvor hun efter sit lange fravær følte sig som en fremmed. Domingo og Marie spillede høstfolkene, mens Virginie lod, som om hun gik omkring og samlede aks. Paul kom nu frem og stillede hende flere spørgsmål med faderlig værdighed, som hun svarede skælvende på. Han blev nu rørt af medlidenhed og viste den uskyldige kvinde sin gæstfrihed og gav hende husly. Han fyldte Virginies forklæde med alle slags levnedsmidler, førte hende hen foran os, der var byens ældste, og erklærede, at han på trods af hendes fattigdom tog hende til ægte. Når fru La Tour ved dette optrin mindedes den ulykkelige tilstand, hvori hendes egne forældre havde efterladt hende i, og kom til at tænke på sin enkestand samt den gode modtagelse, hun havde fundet hos Marguerite, samt det lykkelige giftermål, hun håbede, deres børn ville indgå, kunne hun ikke lade være at græde, og vi græd alle sammen med hende både smertens og glædens tårer ved denne dunkle erindring om fortidens onder og goder.

Disse optrin blev fremført så virkelighedstro, at man følte sig hensat til Syrien eller Palæstina, vi savnede hverken passende omgivelser eller lys og musik for at tilføre skuespillet liv og far- ve. Sædvanligvis var skuepladsen en korsvej i skoven, hvor buer af løv gav afskærmning mod varmen hele dagen igen- nem, mens lyset, når solen gik ned, blev brudt af træstam- merne og sendte lange stråler ind i skyggerne, så der fremkom en pragtfuld virkning. Til tider viste solen hele sin skive ved enden af vejen og strålede med en sådan kraft, at undersiden af træernes løv lignede topaser og smaragder, mens de brune mosdækkede stammer forvandledes til bronzesøjler. Fuglene, der allerede havde søgt ind under det tavse, mørke løv for der at tilbringe natten, blev overraskede over at se en ny mor- genrøde, og hilste alle dagens lys med deres flerstemmige fløjten.

Ofte overraskede mørket os under disse udflugter, men den rene luft og det milde vejr tillod os at sove under en løvhytte midt i skoven uden frygt. Næste dag vendte enhver tilbage til sit og fandt alt i den samme stand, som stedet var blevet efterladt. Der fandtes dengang så megen ærlighed og uskyld på denne sparsomt beboede ø, at mange huses døre slet ikke kunne aflåses, og at adskillige kreolere aldrig havde set en lås.

Der var dage i året, der for Paul og Virginie gav anledning til større festligheder, det var deres mødres fødselsdage. Virginie undlod aldrig dagen før at ælte og bage hvedemelskager, som hun sendte til de fattige hvide familier, som var født på øen og aldrig havde smagt europæisk brød, og som, uden at få nogen som helst hjælp fra slaver, var henvist til at leve i skoven af maniok, fordi de hverken havde den dovenskab, der følger med det at have slaver, eller det mod, der hidrører fra éns opdragelse. Disse kager var den eneste gave, Virginie kunne frembringe af den velstand, der fandtes i hjemmet, men hun tilføjede dertil en hjertelighed, som gav hendes gaver en endnu større værdi. I begyndelsen var det Paul, der havde til opgave at bringe kagerne ud til de omtalte familier, og med gaven fulgte også en indbydelse til at komme og tilbringe næste dag hos fru La Tour og Marguerite. Man kunne da opleve at se en mor komme med et par tarveligt klædte, magre døtre, der var så generte, at de næppe turde se op, men Virginie fik dem hurtigt opmuntret og opvartede dem med forfriskninger, hvis fortræffelighed hun fremhævede ved at gøre opmærksom på en eller anden særlig omstændighed, der efter hendes mening måtte forhøje nydelsen. Denne drik var blevet lavet af Marguerite, den anden af hendes mødre, og hendes bror havde selv plukket frugten i toppen af et træ. Hun opfordrede Paul til at danse med pigerne, og hun lod dem ikke tage afsked, før hun så dem glade og tilfredse. "Man bliver ikke selv lykkelig," sagde hun, "hvis man ikke gør andre lykkelige." Når så pigerne vendte hjem, bad hun dem huske, hvad der havde voldt dem glæde, og tvang dem til at modtage hendes gaver ved at forsikre, at de var noget nyt og sjældent. Hvis hun så, at deres klæder var alt for slidte, valgte hun med sin mors samtykke nogle af sine egne, som hun pålagde Paul i al hemmelighed at lægge ved deres hytte. Således gjorde hun godt, idet hun efter et guddommeligt forbillede skjulte velgøreren, men viste velgerningen.

7. kapitel

I europæere, hvis sind allerede fra barndommen fyldes med så mange fordomme, der strider mod lykken, I kan ikke fatte, hvorledes naturen kan skænke én så megen viden og glæde. Jeres menneskelige kundskaber er begrænsede, og jeres sjæle når hurtigt grænsen for, hvad livets nydelser kan bibringe jer, men naturen og hjertet er uudtømmelige. Paul og Virginie havde hverken ure, kalendere eller historiske og filosofiske bøger, og deres livsrytme rettede sig udelukkende efter hvad naturen bød dem. De kendte dagens timer på træernes skygge, årstiderne på de tider, da de giver menneskene deres blomster og frugter, og årene på antallet af højtider. Disse skønne billeder virkede som det største trylleri på deres samtaler. "Det er på tide at spise til middag," plejede Virginie at sige til familien, "pisangernes skygge ligger ved palmens fod," eller også: "Mørket falder på, tamarinderne lukker deres blade." "Hvornår kommer De og besøger os?" spurgte nogle venner fra nabolaget hende. "Når sukkerrørene bliver modne," svarede Virginie, og de unge piger sagde: "Deres besøg vil da kun være os så meget sødere." Når man spurgte hende ud om hendes og Pauls alder, sagde hun: "Min bror er lige så gammel som den store kokospalme henne ved kilden, og jeg som den lille. Mangotræerne har givet frugt tolv gange og lemontræerne har blomstret fire og tyve gange, siden jeg kom til verden." Deres liv syntes knyttet til træernes ligesom skovguder og nymfers. De kendte ikke andre historiske tidsrum end deres mødres liv, ingen anden tidsregning end deres frugthaver, ingen anden filosofi end den at gøre godt mod alle og underkaste sig Guds vilje.

Når alt kom til alt, så behøvede disse unge mennesker ikke at være rige og lærde, som vi forstår det! Deres få fornødenheder og deres uvidenhed forøgede jo kun deres lykke. Der gik ikke en dag, uden at de ydede hinanden hjælp eller lærte hinanden kundskaber. Selv om der i de nyerhvervede kundskaber skulle have blandet sig en fejltagelse, så behøver et rent menneske ikke at frygte nogen særlig vildfarelse. Således voksede disse to naturbørn op. Ingen bekymring havde rynket deres pander, ingen ødselhed havde fordærvet deres blod og ingen uheldig lidenskab havde fordrejet deres hjerter. Kærlighed, uskyld og gudsfrygt udviklede dagligt deres sjæles skønhed til uforgængelig ynde i træk, stillinger og bevægelser. De stod i deres livs morgen og ejede hele dens friskhed, ligesom Adam og Eva i Edens have. Når de to talte sammen som bror og søster, var Virginie mild, beskeden og tillidsfuld som Eva, og Paul var ligesom Adam, skønt en voksen mand, enfoldig som et barn.

Ofte, når han var alene med hende, det har han mange gange fortalt mig, sagde han efter at være vendt hjem fra sit arbejde til hende: "Når jeg er træt, bringer synet af dig ro og hvile til min krop. Når jeg oppe fra toppen af højen ser dig nede i dalen, ligner du en rosenknop midt i haven. Når du vandrer hen mod vore mødres hus, synes du mig lige så skøn som agerhønen, der iler sine unger i møde, og din gang synes mig ikke mindre let end dens løb. Skønt jeg taber dig af syne mellem træerne, behøver jeg ikke at se dig for atter at få øje på dig, der bliver altid noget ubeskriveligt tilbage af dig i den luft, du har gået igennem, og i det græs, du har siddet i. Når jeg nærmer mig til dig, henrykker du alle mine sanser. Himlens farve er mindre blå end dine øjne, finkernes fløjten mindre liflig at høre på end din stemmes klang. Blot jeg rører ved dig med min fingerspids, sitrer hele min krop af fryd."

"Mindes du den dag, da vi gik over den lille flods rullende kiselsten ved bjerget Trois Mamelles. Da vi kom til dens bred, var jeg allerede meget træt, men da jeg først havde fået dig op på min ryg, forekom det mig, som om jeg havde vinger ligesom en fugl. Sig mig, hvorfra denne følelse kommer, hvormed du sådan henrykker mig? Kommer det af din gode forstand? Vore mødre har jo mere forstand end vi to tilsammen. Er det dine kærtegn? Vore mødre kysser mig langt hyppigere end du. Jeg tror, det kommer af din godhed. Jeg skal aldrig glemme, at du har gået barbenet helt til Rivière Noire for at bede om nåde for en stakkels flygtet slavinde. Du kære pige, tag denne blomstrende lemongren, som jeg har plukket ude i skoven, og læg den ved din seng i nat! Spis honning af denne bikage, som jeg har taget med til dig oppe fra toppen af klippen, men hvil dig først ved mit bryst, så forsvinder min træthed."

Virginie svarede ham: "Kære bror, morgensolens stråler over klippernes toppe giver mig mindre glæde end din nærværelse. Jeg holder meget af min egen mor, og jeg holder også meget af din, men når de kalder dig søn, holder jeg endnu mere af dem, og det er mig en større glæde at se dem kæle for dig end selv at blive kælet for. Du spørger mig, hvorfor du holder af mig. Alle de, der er blevet opdraget sammen, elsker hinanden. Se blot fuglene! Når de er født i samme rede, holder de af hinanden ligesom vi, fordi de altid er sammen. Hør, hvor de kalder på hinanden og svarer fra træ til træ! Således gentager jeg, når jeg hører dig spille på din fløjte oppe på bjerget, tonerne nede i dalen. Du blev mig navnlig kær den dag, da du for min skyld ville slås med slavindens herre. Siden den gang har jeg ofte sagt til mig selv, min bror har et kærligt hjerte. Havde han ikke været til stede, ville jeg have været død af skræk. Jeg beder dagligt til Gud for min mor, for din, for dig og for vore kære tjenestefolk, men når jeg udtaler dit navn, synes jeg, min andægtighed vokser. Jeg beder Gud så inderligt, at der ikke må tilstøde dig noget ondt. Hvorfor går du så højt op og så langt bort for at lede efter blomster til mig? Har vi ikke nok af dem i vor have? Hvor er du træt og svedig!", sagde hun, og med sit lille hvide lommetørklæde tørrede hun hans pande og hans kinder og kyssede ham flere gange.

Dog havde Virginie på det seneste været plaget af pludselige ildebefindender. Under hendes smukke øjne tegnede der sig mørke rande, hendes ansigtsfarve blev gusten, og hendes krop føltes træt og uoplagt. Hendes pande var ikke klar og u-den rynker som før, og smilet forsvandt fra hendes læber. Man så hende pludselig munter uden glæde eller bedrøvet uden sorg. Hun deltog ikke mere i de uskyldige lege, de stilfærdige sysler og samkvem med sin kære familie. Hun flakkede om her og der på de ensomste steder i dalen, og søgte alle vegne hvi-le, men fandt den ingen steder. Undertiden gik hun ved synet af Paul spøgende hen imod ham, men fik derpå pludselig, just som hun nærmede sig ham, et anfald af forlegenhed. En kraftig rødmen kunne da brede sig over hendes blege kinder, og hun undgik at se ham direkte i øjnene. Så sagde Paul til hende: "Løvet dækker klipperne, fuglene synger, når de ser dig, alt omkring dig er muntert, men du synes så bedrøvet." Han prøvede på at kysse liv i hende, men hun vendte hovedet bort og flygtede skælvende hen til sin mor. Den ulykkelige pige følte sig forvirret ved sin brors kærtegn, og han kunne ikke forstå disse besynderlige luner, som han aldrig før havde iagttaget hos hende.

En ulykke kommer sjældent alene, og det var en af disse ødelæggende, varme og tørre somre, der fra tid til anden hærger de tropiske egne. Det var i slutningen af december måned, da solen stod over Stenbukkens Vendekreds og i tre uger kastede sine hede stråler lodret ned over Île de France. Sydøstvinden, der blæste her næsten hele året, sendte ikke længere sit kølende pust ind over landet, og store støvskyer rejste sig langsomt på vejene og blev stående stille i luften. Jorden slog revner, græsset visnede hen og bjergenes sider sendte en kvalmende lugt fra havet ind over sletten. De fleste bække tørrede ud og ikke en eneste sky drev længere ind fra havet. I løbet af dagen opstod der over sletten rødlige dampe, der ved solnedgang så ud som flammer. Selv natten bragte ikke nogen kølighed. Månens runde skive stod rød og stor på himlen, og dalene genlød af jamren fra kvæghjordene, der lå og gispede på markerne og rakte halsen op mod himlen. Selv de indfødte, der vogtede dem, lagde sig ned på jorden for at prøve på at finde kølighed, men overalt var jordoverfladen gloende hed, og den varme luft genlød af summen fra insekterne, der søgte at slukke deres tørst med menneskers og dyrs blod.

En af disse gloende hede nætter fik Virginie et nyt ildebefindende. Hun stod op, satte sig ned, lagde sig igen, men kunne ikke finde hvile eller søvn i nogen stilling. Hun besluttede sig til at gå ned til sin kilde, der trods tørken, stadig flød med sølvglinsende stråler ned ad klippens brune side. Hun forfriskede sig i den lille dam neden for kilden, og straks lindrede dens kølighed hendes sanser, så hun pludselig erindrede mange smukke ting fra fortiden. Hun huskede, hvorledes hendes mor og Marguerite, mens hun endnu var barn, morede sig med at bade hende og Paul på dette sted, og hvorledes Paul senere havde gjort bunden dybere og dækket den med sand og på bredderne havde sået velduftende græs, så badet blev mere behageligt for hende. Hun skimtede i vandet sin nøgne barm, sine arme og spejlbilledet af de to palmer, der blev plantet ved hendes og hendes brors fødsel og så hvorledes de slyngede deres grønne grene og kokosnødder ind i hinanden over hendes hoved. Hun tænkte på Pauls venskab, der var sødere end planternes duft, renere end kildens vand, stærkere end de sammengroede palmer, og hun sukkede højlydt. Hun tænkte på natten og ensomheden, og hun blev grebet af en nagende ild. Straks efter løb hun forskrækket bort, og hun skyndte sig hen til sin mor for hos hende at søge støtte mod sig selv. Gentagne gange prøvede hun at fortælle om sin nød og trykkede moderens hænder i sine, gentagne gange var hun lige ved at udtale Pauls navn, men hun følte sig så tung om hjertet, at hendes mund ikke kunne udtrykke det, der knugede hende, og hun kunne kun lægge sit hoved til moderens barm og væde den med sine tårer.

Fru La Tour gennemskuede vel nok grunden til datterens lidelse, men turde ikke selv bringe det på tale. Hun sagde blot til hende: "Min datter, henvend dig til Gud, han råder efter behag over menneskers sundhed og liv. Han prøver dig nu i denne stund for senere at belønne dig. Tænk på, at vi kun er her på jorden for at udøve dydighed!"

På grund af den stærke varme dannedes der ude på havet vanddampe, der drev ind over land og til sidst dækkede øen som en kæmpe parasol. Bjergenes toppe samlede dampene omkring sig, og kraftige lyn slog fra tid til anden ned fra deres tågeomspundne spidser. Snart genlød skoven, sletter og dale af kraftige tordenbrag, mens himlen åbnede sine sluser og sendte stærke regnskyl ned over jorden. Skummende vandmasser fossede ned langs bjergets sider, dammen blev til en sø, og stedet, hvor hytterne lå, til en lille ø. Indgangen til dalen blev til en sluse, hvorigennem jord, træer og klippestykker i broget forvirring blev ført af sted med det brusende vand.

Hele familien lå skælvende på knæ og bad til Gud i fru La Tours hytte, hvis tag knagede voldsomt under den stærke blæsts rusken. Skønt døre og skodder var tæt tillukkede, kunne man gennem små sprækker i træet følge med i, hvad der foregik udenfor, da himlen til stadighed blev lyst op af de hyppige og voldsomme lyn. På trods af stormens rasen gik Paul uforfærdet i følge med Domingo, fra hytte til hytte og stivede hist en væg af med en støttepille og stak her en pæl ned i jorden, og gik først hjem for at trøste familien, da der viste sig håb om, at det gode vejr snart ville vende tilbage. Ganske rigtigt, hen mod aften hørte regnen op, og den sydøstlige passatvind begyndte atter som sædvanlig at blæse ind fra havet. De stormfulde skyer begyndte at drive mod nordvest, og den nedgående sol kom frem ude i horisonten.

Det første, Virginie nu længtes efter, var at gense det sted, hvor hun for nylig havde hvilet sig. Paul nærmede sig genert og bød hende sin arm for at understøtte hendes gang. Hun tog smilende imod den, og arm i arm gik de ud af hytten. Luften var kølig og frisk og en hvid røg hævede sig over bjergtinden, der hist og her blev gennemskåret af skummet fra vandmasserne. Haven så ud til at være helt ødelagt af de voldsomme regnskyl. De fleste frugttræer lå med rødderne i vejret, store sanddynger dækkede kanten af engene og havde fyldt Virginies dam. De to kokospalmer stod dog stadigvæk, men rundt omkring dem var græsset forsvundet. Fuglene var også væk, lige med undtagelse af nogle få finker, der sad på en klippe og syntes at begræde tabet af deres unger.

Ved synet af denne ødelæggelsens vederstyggelighed sagde Virginie til Paul: "Du havde bragt fugle her hen, blæsten har dræbt dem. Du havde beplantet hele haven, den er nu ødelagt. Alt går før eller siden til grunde her på jorden, men himlen forbliver uforanderlig." Paul svarede hende: "Gid, jeg kunne give dig noget af himlen! Men jeg ejer intet, ikke engang her på jorden." Virginie sagde rødmende: "Jo du gør, du har et billede af Sankt Paulus."

Næppe havde hun sagt ordene, før han løb hen og hentede

Miniaturen med Sankt Paulus.

billedet i sin mors hytte. Billedet var en miniature der viste eneboeren Paulus af Thebe, og den havde altid været genstand for Marguerites andægtige beundring. Hun havde båret den om sin hals, mens hun endnu var ung pige og havde senere, da hun blev mor, hængt den om halsen på sit barn. Mens hun var gravid og forladt af alle, havde hun uafladeligt betragtet den salige eneboers billede, og det havde bevæget hende til at opkalde barnet efter ham og give det til skytshelgen en mand, der havde tilbragt sit liv borte fra mennesker.

Da Virginie modtog dette billede af Pauls hænder, sagde hun rørt: "Kære bror, det billede skal altid blive hos mig, så længe jeg lever, og jeg skal aldrig glemme, at du har givet mig det eneste, du ejer i denne verden." Ved at høre den venlige tone, hvormed disse ord blev sagt, og så uventet mærke, at hun atter viste sig fortrolig og kærlig imod ham, ville han kysse hende, men hun løb bort fra ham så let som en gazelle, og han stod alene tilbage ude af sig selv og kunne ikke fatte, hvad en så usædvanlig adfærd skulle betyde.

En dag henvendte Marguerite sig til fru La Tour og spurgte: "Hvorfor gifter vi ikke vore børn med hinanden? De nærer en stor lidenskab for hinanden, selv om min søn måske endnu ikke er sig det helt bevidst. Når naturen først kalder, vil det være forgæves, at vi våger over dem, vi har da alt at frygte." Fru La Tour svarede: "De er for unge og for fattige. Hvilken sorg ville det ikke være for os, om Virginie bragte nogle ulykkelige børn til verden, som hun måske ikke havde kræfter til at opdrage. Din slave Domingo er gammel og affældig og Marie er svagelig. Jeg selv, kære veninde, har de sidste femten år følt mig mere og mere svækket. Man ældes hurtigt i de varme lande, og især, når man har sorger. Paul er vort eneste håb. Lad os vente, indtil alderen har modnet ham, og han kan støtte os med sit arbejde. Som du ved, har vi kun det nødtørftigste og lever fra hånden i munden, men hvis vi lader Paul rejse til Indien en kortere tid, så vil han ved handel kunne tjene så meget, at han kan købe sig nogle slaver, og når han så kommer her tilbage, kan vi lade ham gifte sig med Virginie, for jeg tror ikke, nogen vil kunne gøre min datter så lykkelig som din søn Paul. Lad os tale med vor nabo om sagen!"

De spurgte mig også ganske rigtigt til råds, og jeg var af samme mening som de. Jeg sagde til dem: "Det indiske Ocean er et roligt farvand, og når man vælger den gunstige årstid til rejsen, bruger man kun seks uger til at rejse til Indien og lige så lang tid om at komme tilbage igen. Jeg vil, hjemme hvor jeg bor, prøve at samle nogle varer sammen, som Paul kan sælge, for mine naboer holder meget af ham. Om det så kun er noget rå bomuld, som vi ikke kan bruge her, fordi vi mangler muligheder til at rense det, ibenholt, som er så almindeligt her, at vi bruger det til brænde, og harpiks, som går til spilde i vore skove, så kan de ting sælges med fordel i Indien, mens de ikke er os her til nogen nytte."

Jeg påtog mig at bede guvernør Labourdonnais om tilladelse til, at Paul indskibede sig på en sådan rejse og besluttede at berette for ham, hvad der var i gære. Stor var imidlertid min forbavselse, da han med en forstand, der var langt over hans alder, svarede mig: "Hvorfor vil De dog have, at jeg skal forlade min familie og indlade mig på et usikkert forsøg på at tjene mig en formue? Findes der nogen fordelagtigere forretning i verden end landbrug, der undertiden giver halvtreds eller hundrede gange mere, end det man har sat i det? Hvis vi vil drive handel, kan vi jo bare bringe vore overflødige frembringelser herfra ind til byen, så jeg behøver vel ikke at rejse til

Indien. Vore mødre siger, at Domingo er gammel og affældig, men jeg er ung og bliver dag for dag kraftigere. Desuden kunne der jo let, under min fraværelse, tilstøde dem noget, for ikke at tale om Virginie, som ikke er helt rask. Nej, nej, jeg ville aldrig kunne forlade dem."

Hans svar bragte mig i stor forlegenhed, for fru La Tour havde ikke skjult Virginies tilstand for mig og omtalt, at hun ved at fjerne de to unge mennesker fra hinanden ønskede at vinde nogle år, men disse bevæggrunde turde jeg jo ikke en gang lade Paul vide.

8. kapitel

En dag kom der et skib fra Frankrig, som medbragte et brev til fru La Tour fra hendes moster. Mosteren var blevet grebet af dødsangst, den tilstand som nok er den eneste, der kan gøre indtryk på hårde hjerter. Hun var for nylig kommet sig over en svær sygdom, der dog, på grund af hendes alder, havde gjort hende meget svag. Hun sendte nu bud til sin steddatter, at hun skulle komme tilbage til Frankrig, eller, hvis hendes helbred ikke tillod hende at foretage en så lang en rejse, i stedet skulle sende Virginie, idet hun lovede, at hun nok skulle give hende en god opdragelse og sørge for, at hun gjorde et godt parti ved hoffet. Hun lovede at skænke dem al sin ejendom og tilføjede, at hun gav det løfte, for atter at vise sig venlig mod fru La Tour, hvis man efterkom hendes ønsker.

Næppe havde familien læst dette brev, før rådvildheden bredte sig hos de to familier. Domingo og Marie gav sig til at græde, Paul stod ubevægelig med et udtryk, så man skulle tro, han var på nippet til at komme med et vredesudbrud. Virginie så på sin mor, men turde ikke sige et eneste ord. "Ville De virkelig kunne forlade os?" spurgte Marguerite fru La Tour. "Nej, min ven, nej, mine børn," svarede hun. "Jeg vil ikke skilles fra jer. Jeg har levet sammen med jer, og jeg vil også dø hos jer. Kun gennem jeres venskab har jeg lært lykken at kende. Når mit helbred i dag er dårligt, så er tidligere tiders sorger, der er skyld i det. Mit hjerte er blevet såret af mine slægtninges hårdhed og tabet af min kære ægtefælle, men siden da har jeg nydt mere trøst og lykke hos jer i disse fattige hytter, end min families rigdom nogen sinde ville have kunnet give mig håb om hjemme i mit fædreland."

Efter at have hørt hende tale græd de alle af glæde. Paul trykkede fru La Tour i sine arme og sagde til hende: "Jeg vil heller ikke skilles fra Dem. Jeg rejser ikke til Indien. Jeg vil arbejde for Dem, kære mor, og aldrig skal De mangle noget, så længe, jeg er her." Den af hele forsamlingen, der lagde mindst glæde for dagen og dog alligevel var mest betaget af situationen, var Virginie. Hun viste hele den øvrige del af dagen en stilfærdig munterhed, og det, at hun havde fået sin sindsro tilbage, var til alles glæde.

Guvernør Labourdonnais besøger fru La Tour for at prøve at overtale hende til at sende Virginie til Frankrig.

Næste dag ved solopgang, just som de alle som sædvanlig havde holdt en lille andagt og bedt deres bønner før morgenmaden, lod Domingo dem vide, at en herre med to slaver efter sig kom ridende imod dem. Det var guvernøren hr. Labourdonnais, og han trådte nu ind i hytten, hvor hele familien sad til bords. Virginie havde, som skik var, serveret kaffe og risvandgrød, og hun havde tilføjet varme søde kartofler og friske pisanger. Hele dækketøjet bestod af pisangblade, og retterne blev serveret i skåle af overskårne græskar. Guvernøren var først noget forbavselse over at se det fattige hjem, men derefter henvendte han sig til fru La Tour med bemærkningen om, at koloniens anliggender ofte hindrede ham i at tænke på de enkelte beboere, men at hun havde særlige krav på hans opmærksomhed. Derefter sagde han: "De har en fornem og rig moster i Paris, fru La Tour. Hun har bestemt, at De skal arve hendes formue og forventer at De kommer hjem til Frankrig, for at bo hos hende."

Fru La Tour svarede guvernøren, at hendes dårlige helbred ikke tillod hende at foretage så lang en rejse. Han vedblev: "Det accepterer jeg, men De kan vel ikke forsvare at berøve Deres unge, elskværdige datter så stor en arv. Jeg vil ikke lægge skjul på, at Deres moster har henvendt sig til myndighederne, for om muligt at få hende sendt hjem til sig i Frankrig. Ministeriet har skrevet til mig, at jeg i den anledning, om nødvendigt skal gøre brug af min myndighed, men da jeg kun agter at udøve den, for at gøre nybyggerne her lykkelige, forventer jeg, at De godvilligt vil ofre nogle år, for at sikre Deres datter en god fremtid og Dem selv velvære for resten af livet. Hvorfor tage ud til disse øer, hvis det ikke var for at forsøge at tjene en formue? Er det da ikke langt behageligere at finde rigdom i sit hjemland?"

Samtidig med at han sagde disse ord, lagde han på bordet en stor pose fuld af penge, som en af slaverne havde båret på, og tilføjede: "Disse piastre har Deres moster sendt Dem, for at De kan afholde udgifterne i forbindelse med Deres datters rejse." Endelig bebrejdede han på en skånsom måde fru La Tour, at hun ikke havde henvendt sig til ham i sin forlegenhed, idet han dog på samme tid roste hende for hendes ædle mod. Straks tog Paul nu til orde og sagde: "Hr. guvernør, min mor har før henvendt sig til Dem, men hun fik en fjendtlig modtagelse." "Har De mere end ét barn, fru La Tour?" spurgte hr. Labourdonnais. "Nej, hr. guvernør," svarede hun. "Den unge mand er søn af min veninde, men han og Virginie er vore fælles børn og er os lige kære." "Unge mand," sagde guvernøren til Paul, "når De får mere livserfaring, så vil De finde ud af, hvor vanskeligt det er at være embedsmand. De vil da indse, hvor let han kan blive ført bag lyset, og hvor let han kan komme til at gøre en syndig rævepels en tjeneste, som med rette burde have tilkommet en mere fortjenstfuld og beskeden person."
Fru La Tour indbød nu guvernøren til at tage plads ved hendes side, og sammen spiste de en frokost på kreolsk vis. Han

glædede sig over den orden og renlighed, der herskede i den lille hytte, den gode forståelse mellem de to elskværdige familier, og deres gamle tjenestefolks beredvillighed. Han tillod sig at bemærke: "Vel findes her kun et tarveligt inventar, men man træffer her åbne ansigter og hjerter af guld." Paul blev så betaget af guvernørens jævne måde at være på, at han sagde: "Jeg ønsker at være Deres ven, for De er en hædersmand," og guvernøren modtog med glæde dette udtryk på en øboers hjertelighed, og omfavnede Paul og forsikrede med et håndtryk, at han kunne stole på hans venskab.

Efter frokosten tog han fru La Tour til side og sagde til hende, at der netop nu bød sig en gunstig lejlighed til at sende hendes datter til Frankrig, da der lå et sejlklart skib i havnen. Han ville anbefale hende til en af hans kvindelige slægtninge, der skulle med om bord. Hun ville vel næppe afvise tilbuddet om en stor formue, blot for at have Virginie hos sig nogle år længere. Han tilføjede ved sin bortgang: "Deres moster lever næppe ret længe, måske kun et par år, det har hendes venner ladet mig vide. Tænk over det! Det er ikke hver dag man får tilbudt en så stor formue. Søg råd hos andre, så vil De se, at alle fornuftige folk tænker som jeg." Hun svarede ham, at da hun ikke stræbte efter nogen anden lykke her i verden end at se sin datter vel forsørget, så ville hun helt overlade det til ham at bestemme, hvornår Virginie skulle rejse til Frankrig.

Fru La Tour var ikke direkte misfornøjet med denne lejlighed til for nogen tid at skille Virginie fra Paul, for senere med tiden at gøre dem begge lykkelige. Hun tog derfor sin datter til side og sagde til hende: "Kære barn, vore tjenestefolk er gamle, Paul er meget ung, Marguerite er oppe i alderen, og jeg selv er allerede svag. Hvis jeg skulle gå hen og dø, hvad ville der da blive af dig som ingen formue ejer her på dette trøstesløse sted? Du ville da blive alene tilbage, uden at have nogen, der kunne være dig til synderlig hjælp, og du ville blive nødt til uophørligt at slide i det som en daglejer for at kunne opretholde livet. Når jeg tænker på det, pines mit hjerte." Virginie svarede hende: "Gud har dømt os til at arbejde hele livet, og du har lært mig det samme og at velsigne ham hver dag. Indtil nu har han ikke slået hånden af os, og det vil han heller ikke i fremtiden. Hans omsorg gælder særligt over for de ulykkelige, det har du så ofte sagt mig, kære mor, og jeg kan ikke få mig til at forlade dig på denne måde." Rørt vedblev fru La Tour: "Jeg har ingen anden plan end at gøre dig lykkelig og engang med tiden gifte dig med Paul, som jo ikke er din kødelige bror. Tænk også på, at hans lykke afhænger af dig!"

Når en ung pige er forelsket, tror hun, at det er hendes egen lille private hemmelighed. Det slør, hun dækker sit hjerte med, lægger hun også over sine øjne. Når sløret så løftes af en venlig hånd, da undslipper hendes hemmelige kærestesorger, som gennem en åben port, og sød fortrolighed følger efter den tilbageholdenhed og hemmelighedsfuldhed, hvormed hun før omgav sig, og hun føler trang til at fortro sig til nogen. Påvirket af denne venlighed, moderen atter ved denne lejlighed viste hende, indviede hun fru La Tour i sine kampe, der kun havde haft Gud som vidne, og sagde til hende, at hun betragtede hendes kærlige deltagelse, hendes billigelse af de følelser hun havde for Paul og hendes omsorgsfulde råd som et vidnesbyrd om, at Vorherre havde hørt hendes bøn om hjælp. Nu, da hun følte, hun havde sin mors opbakning, var der intet, der tilskyndede hende til at rejse. Tværtimod ønskede hun nu, da hun ikke følte nogen angst for nutiden og ikke nærede nogen frygt for fremtiden, at blive hos hende.

Da fru La Tour indså, at hendes fortrolige henvendelse til datteren havde fremkaldt en virkning modsat den, hun havde forventet, sagde hun til hende: "Kære barn, vi vil ikke tvinge dig til noget. Tænk i ro og mag over sagen, men prøv at skjule din kærlighed for Paul! Når en ung piges hjerte først er fanget, har hendes elsker ikke længere noget at bede hende om."

Da hun henad aften var alene med Virginie, kom en høj mand i blå præstekjole på besøg. Det var en lokal missionær, som var fru La Tours og Virginies skriftefader og var sendt af guvernøren. "Kære børn," sagde han, da han trådte ind i hytten, "nu er I, Gud være lovet, rige. I kan lytte til jeres gode hjerters indskydelser og gøre vel mod de fattige. Jeg ved, hvad hr.

Labourdonnais har sagt til jer, og hvad I har svaret ham. Hvad Dem angår, gode mor, så nøder Deres helbred Dem til at blive her tilbage, men De, unge frøken, De har ingen undskyldninger. Man skal adlyde Vorherre og sine forældre, også selv om de synes uretfærdige. Det er et offer, man bringer, og det er Guds vilje, at det er således. Han har givet sig hen for vor skyld, og vi skal, efter hans forbillede, opofre os for vor slægts vel. Deres rejse til Frankrig vil få en lykkelig udgang, vil De ikke nok drage afsted, min kære frøken?"

Virginie svarede ham skælvende og med nedslagne øjne: "Hvis Gud byder mig det, vil jeg ikke sætte mig imod hans ønske. Hans vilje ske!" og hun brød ud i gråd.

Missionæren tog afsked med familien og opsøgte derefter guvernøren for at fortælle ham om det heldige udfald af hans ærinde. Da de igen var alene, sendte fru La Tour Domingo over til mig for at bede mig besøge hende, så hun kunne spørge mig til råds med hensyn til Virginies rejse. Jeg var aldeles ikke af den mening, at man skulle lade hende drage bort. Jeg anså det for et almindeligt princip, at man for at blive lykkelig skal nyde de fordele, naturen tilbyder frem for dem, der hidrører fra formue, og at man ikke i verdenen omkring sig skal søge, hvad man kan finde i sig selv. Denne grundlæggende regel anvender jeg på alt og alle uden undtagelse, men hvad var vel mine mådeholdne råd overfor udsigten til en stor formue og mine moralske overvejelser over for en, i fru La Tours øjne, hellig myndighed? At spørge mig til råds syntes kun at være en forms sag, og hun drøftede ikke længere sagen, nu, da hendes skriftefader havde afgjort den. Selv Marguerite, der, til trods for de fordele, hun forventede skulle tilfalde hendes søn, når Virginie blev formuende, stærkt havde modsat sig hendes afrejse, gjorde nu heller ikke flere indvendinger. Hvad Paul angik, så vidste han ikke, hvilken beslutning, man bestemte sig for, men undrede sig over de mange hemmelige samtaler mellem fru La Tour og hendes datter. "De taler nok ondt om mig", sagde han, "siden de taler i smug bag min ryg."

Da nu rygtet havde bredt sig, at lykken havde fundet vej til disse hytter, blev de besøgt af alle slags kræmmere. De fremviste i disse fattige hytter de kostbareste indiske klædestoffer, prægtige silkestoffer, tørklæder fra Paliakate og Masulipatam, musseliner fra Dhaka, så gennemsigtige som det klareste lys, glatte, stribede eller broderede, det skønneste hvide baftas fra Surate og chits i alle farver med prikket bund og grønt, broderet bladløv. De oprullede prægtige kinesiske silketøjer med smukke mønstre, damask, hvoraf noget var glitrende hvidt, andet græsgrønt, og atter andet blændende rødt, taft af rosenrød farve, kraftig atlask, blød pekingsilke og hvide og gule nankinstoffer, ja endog skørter fra Madagaskar.

Fru La Tour ville have, at hendes datter skulle købe alt, hvad hun havde lyst til, kun passede hun på, at varernes kvalitet svarede til prisen, så kræmmerne ikke skulle snyde hende. Virginie valgte alt det, hun mente moderen, Marguerite og Paul ville synes om. "Det dér," sagde hun, "er godt til betræk, det kan Marie og Domingo bruge." Til sidst var alle pengene brugt, uden at hun endnu havde tænkt på sine egne fornødenheder, så at man blev nødt til at tage hendes andel blandt de gaver, hun havde givet andre.

Paul var meget bedrøvet ved synet af alle disse gaver, som kun varslede ham om Virginies snarlige bortrejse, og kom nogle dage senere hen til mig og sagde med fortvivlet mine: "Min søster drager bort, hun træffer allerede forberedelser til rejsen. Gør mig den tjeneste at se over til os og brug Deres indflydelse på hende og min mor for om muligt at holde hende tilbage!" Jeg efterkom hans insisterende bønner, skønt jeg følte mig overbevist om, at mine ord ville være virkningsløse.

Havde Virginie end forekommet mig yndig i sin blå lærredskjole med det røde tørklæde om hovedet, så var det rigtignok noget ganske andet, da jeg så hende pyntet som dame. Hun var klædt i en hvid musselinkjole, foret med rosenrød taft. Hendes høje, slanke skikkelse tegnede sig med tydelige omrids under kjolen, og hendes lyse hår, som hun bar i en dobbelt fletning, passede ypperligt til hendes jomfruelige hoved. Hendes skønne, blå øjne havde et tungsindigt udtryk, og den lidenskab, hun i sit hjerte havde at kæmpe med, gav hendes ansigtstræk en livlig farve og hendes stemme en bevæget klang. Selve modsætningen mellem den pyntelige dragt og hendes manglende lyst til at vise den frem, gjorde hendes fremtoning endnu mere rørende. Ingen ville have kunnet se eller høre hende uden at vise medfølelse med hende. Pauls tungsind voksede og voksede, men Marguerite tog ham i enrum og sagde bedrøvet over sønnens stemning, til ham: "Kære barn, hvorfor går du og venter på et spinkelt håb, der kun vil gøre dit savn så meget mere bittert? Det er på tide, at jeg åbenbarer dig hemmeligheden ved dit og mit liv. Frøken La Tour er på mødrenes side beslægtet med en rig og fornem dame, mens du kun er søn af en fattig bondekvinde, og, hvad værre er, så er du en uægte søn." Betegnelsen 'uægte søn' overraskede i høj grad Paul. Han havde aldrig hørt ordene før og spurgte derfor sin mor, hvad det betød. Hun svarede ham: "Jeg har aldrig været gift med din far. Mens jeg var en ung pige, begik jeg af kærlighed det fejltrin, som du er et resultat af. Min syndefulde handling har berøvet dig din fædrene slægt og min skyldfølelse din slægt på den mødrene side. Ulykkelige barn, du har ikke andre slægtninge i hele verden end mig!" og hun gav sig til at græde, men Paul trykkede hende ind til sig og sagde: "Kære mor, siden jeg ikke har andre slægtninge end dig i hele verden, vil jeg kun holde så meget mere af dig, men hvilken hemmelighed har du ikke lige nu åbenbaret for mig! Nu forstår jeg bedre grunden til, at frøken La Tour de sidste to måneder har været så afvisende over for mig, nu forstår jeg, hvad der har fået hende til at rejse bort. Ak! Der kan ikke være nogen tvivl om, at hun åbenbart ser ned på mig."

Da det imidlertid var blevet tid til aftensmaden, satte man sig til bords, men alle var hver for sig optaget af forskellige følelser og ingen spiste eller sagde noget. Virginie rejste sig først fra bordet og gik hen og satte sig her hvor vi nu sidder. Paul kom snart efter hen og tog plads ved hendes side, og De sad begge to i nogen tid ganske tavse uden at sige et ord til hinanden. Det var en af disse dejlige nætter, der er så almindelige i troperne, og hvis skønhed selv ikke den ypperste pensel ville formå at forevige. Månen stod midt på himmelbuen omgivet af

Paul prøver at overtale Virginie til ikke at rejse.

et slør af skyer, der gradvis spredtes af dens stråler. Dens lys skinnede svagt ned over øens bjerge og deres toppe, der strålede med grønlig sølverglans. Vinden var holdt op med at blæse og man hørte i lundene, dybt nede i dalene og oppe på klippernes toppe, svage skrig og en stilfærdig kvidren af fugle, der kærtegnede hinanden i deres reder, henrykte over nattens lys og luftens stilhed. Selv i græsset kunne man høre insekternes summen. Stjernerne funklede på himlen og spejlede sig i havets skød, hvor billedet af dem duvende blev gentaget. Virginie sad og stirrede med fjerne blikke ud over det mørke hav, hvor fiskernes røde blus skimtedes ved overgangen til strandbredden. Ved indsejlingen til havnen fik hun øje på et lys og en skygge, det var lanternen og skroget af det skib, hvilket hun skulle sejle med til Europa, og som lå for anker, klar til at sætte sejl, mens det ventede på vind. Ved dette syn blev hun bedrøvet og vendte hovedet bort, for at Paul ikke skulle se hende græde.

Fru La Tour, Marguerite og jeg sad lidt derfra under nogle pisangpalmer og kunne i den stille nat tydeligt høre deres samtale, som jeg ikke har glemt.

Paul sagde til hende: "Jeg hører, frøken Virginie, at De skal rejse bort om tre dage. Er De ikke bange for at udsætte Dem for havets farer, De, som har sådan en skræk for havet?" Virginie svarede: "Jeg må adlyde min mor og gøre min pligt." "De forlader os for at besøge en dame, som De langt ude er beslægtet med, men som De aldrig før har set?" "Desværre!" svarede Virginie. "Jeg havde mest lyst til at blive her hele mit liv, men det vil mor ikke tillade. Min skriftefader har sagt, at det er Guds vilje, at jeg skal rejse, og at livet er en prøvelse. Ak ja! En meget hård prøvelse."

Paul indskød: "Mens så mange grunde har bestemt Dem til at rejse, er der da ingen, der holder Dem tilbage? Der er måske én grund, som De ikke har fortalt mig. Der er noget tillokkende ved rigdom, og De vil snart finde én i Europa, som De kan kalde ved det brodernavn, De ikke længere giver mig. De vil vælge denne bror blandt folk, der er Dem værdige ved familiebaggrund og ved formue, som jeg ikke kan byde Dem, men hvor vil De da gå hen for at blive mere lykkelig end her? Til hvilket land vil de begive Dem for at finde et sted, der er Dem mere kært end dette, hvor De er født? Hvor vil De kunne træffe et behageligere selskab end her, hvor alle holder af Dem? Hvor vil De kunne leve, hvis De skal undvære Deres mors kærtegn, som De er så vant til? Hvad skal der blive af Deres mor, nu da hun er til års, og hun ikke længere skal se Dem ved sin side, ved bordet, inde i huset eller på spadsereture, hvor hun altid plejede at støtte sig til Dem? Hvad skal der blive af min mor, der holder lige så meget af Dem som Deres egen? Hvad skal jeg sige til dem begge, når jeg ser dem græde over, at De er borte? Grusomme pige! Jeg vil helst ikke tale om mig selv, men hvad skal der blive af mig, når jeg om morgenen ikke længere ser Dem sammen med os, når mørket falder på uden at vi forsamles, og hvad når mit øje falder på de to palmetræer, der blev plantet ved vor fødsel og så længe har båret vidnesbyrd om vort gensidige venskab?

Ak! Siden De længes efter andre kår og søger til andre lande end Deres hjemstavn og trænger til andre goder end dem, jeg ved mit arbejde kan skaffe Dem, så lad mig i det mindste følge med Dem på det skib, De skal sejle bort med. Jeg skal berolige Dem under stormene, som plejer at gøre Dem så bange selv på landjorden. Jeg skal hvile Deres hoved ved mit bryst, jeg skal varme Deres hjerte ved mit hjerte, og i Frankrig, hvor De drager hen for at søge lykke og storhed, skal jeg tjene Dem som Deres slave. Glad alene ved Deres glæde vil jeg i de fornemme huse, hvor jeg får Dem at se som en genstand for alles hyldest, endda være storladen nok til at bringe Dem det største offer og dø for Deres fødder."

Hans stemme kvaltes af hans hulken, og vi hørte straks efter Virginies røst, idet hun sagde følgende grådkvalte ord til ham: "Det er for din skyld, jeg rejser, for dig, som jeg dagligt har set bøjet over dit arbejde for at skaffe føden til to svagelige familier. Når jeg har sagt ja til at tage imod den mulighed, der tilbød sig for at blive rig, er det for tusind fold at kunne gengælde dig alt det gode, du har gjort mod os. Gives der nogen lykke, der kan opveje dit venskab? Hvad er det, du siger om din herkomst? Hvis det stod til mig, at give mig selv en bror, tror du da, jeg ville vælge nogen anden end dig? Oh, Paul, Paul, du er mig mere dyrebar end en bror! Hvor har det ikke kostet mig overvindelse at støde dig bort fra mig! Jeg håbede, at du skulle hjælpe mig med at holde os adskilt, indtil himlen kunne velsigne vor forbindelse, men nu ved jeg ikke, om jeg skal blive eller rejse, leve eller dø, gør blot med mig hvad du vil! Jeg usømmelige pige har kunnet modstå dine kærtegn, men jeg kan ikke tåle at se din smerte."

Ved disse ord greb Paul hende i sine arme og udbrød, idet han trykkede hende tæt ind til sig, med ophidset stemme: "Jeg rejser med hende, intet vil kunne skille mig fra hende." Vi løb alle sammen hen til ham, og fru La Tour sagde til ham: "Kære søn, hvis du forlader os, hvad skal der så blive af os?"

Han gentog skælvende ordet, søn, søn! og sagde til hende: "Er De min mor, De, der vil skille bror og søster ad? Vi har begge diet af Deres bryst, vi har begge siddet på Deres skød og lært at holde af hinanden og sagt det til hinanden tusinder gange, og så vil De fjerne hende fra mig! De vil sende hende til Euro-

Paul ønsker at rejse væk sammen med Virginie.

pa, til et barbarisk land, der har nægtet Dem selv et tilflugts-
sted, og til grusomme slægtninge, der har slået hånden af
Dem selv! Det kan ikke nytte, De siger, at jeg ingen ret har
over hende, fordi hun ikke er min søster, men hun er alt for
mig, min rigdom, min familie, min fødsel, alt, hvad jeg ejer og

har. Jeg kender ingen anden ejendom. Vi har levet under et og samme tag og ligget i en og samme vugge, og vi ønsker at hvile i samme grav. Hvis hun rejser, vil jeg følge med. Guvernøren kan ikke forhindre det. Prøver han, springer jeg i havet og svømmer efter hende. Havet kan ikke være mig mere skadelig end jorden. Kan jeg ikke leve her hos hende, så kan jeg i det mindste dø for hendes øjne, langt fra jer. De er en umenneskelig mor og en ubarmhjertig kvinde! Gid det hav, De udsætter hende for, aldrig må give Dem hende tilbage! Gid havets bølger må bringe Dem mit lig tilbage og skylle det op på stranden sammen med hendes, så tabet af Deres to børn bliver Dem til evig smerte!"

Ved disse ord greb jeg ham i mine arme, da jeg så, at fortvivlelsen var ved at bringe ham fra besindelsen. Hans øjne slog gnister, store sveddråber perlede frem på hans blussende pande, hans knæ rystede, og jeg følte hans hjerte banke voldsomt i hans hede bryst.

Virginie sagde forskrækket til ham: "Min dyrebare ven! Jeg lover ved vor spæde barndoms glæder, dine og mine sorger og alt, hvad der for bestandig må knytte to ulykkelige mennesker sammen, at jeg, om jeg bliver her, kun vil leve for dig og, om jeg rejser bort, engang vil komme her tilbage for at blive din. Det beder jeg jer alle bevidne, I, der har opdraget mig i min barndom og råder over mit liv og ser mine tårer. Jeg sværger ved denne himmel, der hører mig, dette hav, som jeg skal sejle over, den luft, jeg indånder, og som jeg aldrig har besudlet ved nogen løgn."

Ligesom solen smelter en isblok og styrter den ned fra Apenninernes top, således dæmpes en ung mands heftige vrede. Han havde bøjet sit stolte hoved, og en strøm af tårer flød fra hans øjne. Hans mor blandede sine tårer med hans og holdt ham omfavnet uden at kunne sige et eneste ord. Fru La Tour sagde ude af sig selv til mig: "Jeg holder det ikke ud. Min sjæl er sønderrevet. Den ulykkelige rejse skal ikke finde sted. Kære nabo, lad min søn gå med Dem hjem i nat, for ingen af os har lukket et øje her det sidste døgn."

Jeg sagde til Paul: "Min ven, Deres søster skal blive her. I morgen skal vi tale med guvernøren om sagen. Lad nu Deres familie få ro og kom med hjem til mig i nat! Det er meget sent, vel næsten midnat allerede."

Han lod sig føre med uden at sige noget, og efter en urolig nat stod han op og vendte hjem til sin familie.

9. kapitel

"Jeg behøver vel næppe at fortsætte min beretning! Der er altid kun én lys side ved et menneskeliv. Ligesom den klode, vi drejer rundt med, varer vor omdrejning kun et døgn, og den ene del af dette døgn kan ikke få lys, uden at den anden del ligger i mørke." "Ærværdige ældre mand," sagde jeg til ham, "jeg beder jer fortælle den historie til ende, som I så rørende har påbegyndt. En skildring af lykke glæder én, men en beretning om ulykke belærer én. Sig mig, hvad blev der af den ulykkelige Paul?"

Meget imod sin og fru La Tours vilje føres Virgenie ud til det ventende skib, der skal tage hende til Frankrig.

Han fortsatte:

Det første, Paul så, da han vendte hjem, var slavinden Marie, der sad på en klippe og stirrede ud mod det åbne hav. "Hvor er Virginie henne?" udbrød han. Marie drejede hovedet om imod ham og brast i gråd. Ude af sig selv løb han ned til havnen. Der erfarede han, at Virginie ved daggry var gået om bord, og at skibet straks havde sat sejl, og allerede var forsvundet i horisonten. Han vendte tilbage til hytten uden at tale til nogen.

Skønt disse klipper syntes at sænke sig næsten lodret ned bag os, gav de grønne højsletter, der forbinder dem, dog mulighed for, ad nogle stier som er vanskelige at færdes på, at nå op til foden af den ellers utilgængelige pynt, der kaldes Le Pouce. Ved foden af den strækker der sig en skov med høje træer, så stejlt og højt beliggende, at den er som en skov oppe i himlen omgivet af frygtindgyende afgrunde. De skyer, som Le Pouces spids uophørligt samlede om sig, fremkaldte nedbør som fodrede adskillige bække, der som små vandfald løb ned i dalen fra en så betydelig højde, at man ikke oppe fra kunne høre plasket. Fra dette sted kunne man overskue en stor del af øen med dens høje og bjergtinder, blandt andre Pieter Both og Trois Mamelles og deres skovklædte dalsænkninger og mod vest det åbne hav mod naboøen Île Bourbon, der ligger lidt over 175 km herfra.

Fra dette høje udkigspunkt fik Paul øje på det skib, der førte Virginie bort, det var over 50 km ude i rum sø, og var nu blot et lille mørkt punkt ude på havet. Han blev stående på stedet det meste af dagen og fortsatte med at stirre ud på havet efter det. Skønt det allerede var forsvundet, troede han, at han endnu kunne skimte det, og han satte sig ned på dette ensomme sted, hvor vindenes uophørlige susen i palmetræernes toppe mindede ham om fjerne orglers brusen og gjorde et tungsindigt indtryk på ham.

Her fandt jeg ham, efter at jeg siden solopgang var fulgt efter ham, med hovedet støttet mod en klippe og øjnene stift fæstet på jorden. Med stor besvær fik jeg ham overtalt til at gå med mig, og det lykkedes mig at få ham tilbage i familiens skød. Hans første indskydelse, da han atter så fru La Tour, var at beklage sig bitterligt over, at hun havde holdt ham for nar. Hun fortalte os, at det var begyndt at blæse op henved klokken tre om morgenen, og at guvernøren, just som skibet var på nippet til at lette anker, havde indfundet sig sammen med en del af sine folk samt missionæren for at hente Virginie i en bærestol.

Til trods for pigens modstand og fru La Tour og Marguerites tårer, havde guvernøren og missionæren samstemmende erklæret, at alle parter ville stå sig bedst ved denne afgørelse, og de havde bortført Virginie mere død end levende. Paul svarede: "Hvis jeg blot havde kunnet sige farvel til hende, så ville jeg have været mere rolig nu. Jeg ville have sagt til hende: Virginie, hvis jeg i den tid, vi har levet sammen, skulle være kommet til at sige Dem et eneste ord, der kunne have stødt Dem, så sig mig nu, da vi for bestandig skal skilles, at De tilgiver mig." Jeg ville have sagt til hende: "Siden det er bestemt, at jeg aldrig skal se Dem igen, så siger jeg Dem farvel. Farvel, kære Virginie, lev tilfreds og glad langt fra mig!" Da han så, at hans mor og fru La Tour græd, sagde han til dem: "Se nu, om I kan finde en anden til at tørre jeres tårer," hvorefter han gik sukkende bort fra dem og gav sig til at flakke rundt i området. Han genbesøgte alle de steder, der havde været så dyrebare for Virginie, og sagde til gederne og deres kid, der brægende fulgte efter ham: "Hvad vil I mig? I skal ikke mere sammen med mig se hende, der lod jer æde af sin hånd." Han gik op til 'Virginies Ro' og udbrød ved synet af fuglene, der flagrede rundt der: "I stakkels fugle! I skal ikke mere flyve hende i møde, som var jeres plejemor." Da han så Fidèle snuse omkring og søgende gå i forvejen, sukkede han og sagde til den: "Ak! Du finder hende ikke mere." Endelig gik han hen og satte sig på det sted, hvor han den foregående dag havde talt med hende, og græd bitterligt ved synet af havet, hvor han havde set det skib, der havde bortført hende.

Vi alle fulgte ham tæt de følgende dage af frygt for, at hans uligevægt skulle bringe ham til at gøre et eller andet skæbnesvangert. Hans mor og fru La Tour bad ham med de ømmeste ord om ikke, ved sin fortvivelse, at forøge deres smerte. Endelig lykkedes det sidstnævnte at berolige ham ved at kalde ham ved de navne, der bedst vækkede hans forhåbninger, ved at kalde ham sin søn, sin kære søn, som hun havde bestemt sin datter for. Hun bad ham komme ind i hytten og spise og drikke. Han satte sig til bords med os ved siden af det sted, hvor hans barndoms legesøster plejede at tage plads, og, som om hun endnu var til stede, talte han til hende og rakte hende de retter, han vidste, hun syntes bedst om, men så snart han opdagede sin fejltagelse, gav han sig til at græde.

De følgende dage samlede han alle de ting sammen, som han især forbandt med Virgenie, de sidste blomster hun havde båret og en kokosskal, hun havde drukket af, kyssede dem og lagde dem ved sit bryst, som om disse minder om hans veninde var de kostbareste ting i verden. For selv den mest kostbare ambra dufter ikke sødere end de genstande, den elskede har rørt ved. Da han endelig indså, at hans sorg forøgede hans mors og fru La Tours sørgmodighed, og at familiens fornødenheder fordrede en vedvarende arbejdsindsats, gav han sig til sammen med Domingo at gøre haven i stand.

Snart efter bad denne unge mand, der før, som enhver anden creoler, havde været så ligegyldig med alle denne verdens anliggender, mig om at lære ham at læse og skrive, for at han kunne opretholde en brevveksling med Virginie. Han ønskede dernæst at få lidt geografisk viden for at kunne danne sig en forestilling om det land, hun var draget til, og lidt historie for at lære om sæder og skikke i det samfund, hun skulle leve i. Således havde han også af kærlighed uddannet sig i agerdyrkning og i den kunst at kunne inddele det mest uregelmæssige terræn på en hensigtsmæssig måde. Det er sikkert denne glødende lidenskab, som vi mennesker kan takke for de fleste videnskaber og kunster, og det er savnet af dem, der har skabt filosofien, som lærer én at trøste sig over alle livets skuffelser. Ligesom naturen således har gjort kærligheden til et bånd mellem alle levende væsener, således er den også blevet til den fornemste livskraft i det menneskelige samfund og en kilde til vores indsigt og vore glæder.

Paul syntes ikke synderlig om geografilæren, der i stedet for at skildre hvert enkelt lands naturlige beskaffenhed, mest gjorde rede for de politiske inddelinger. Historien, og da især den nyere tids historie, fængslede ham lige så lidt. Han så deri kun almindelige og regelmæssigt tilbagevendende ulykker, hvis årsager han ikke kunne få øje på, krige uden grund og uden mål, dunkle intriger, folk uden særpræg og umenneskelige fyrster.

Han foretrak i stedet at læse romaner, der, fordi de beskæftigede sig mere med menneskers følelser og anliggender, ofte omtalte tilfælde, der lignede hans eget. Derfor glædede ingen bog ham så meget som 'Telemakos' Hændelser' med dens skildringer af livet på landet og de lidenskaber, der er naturlige for menneskehjertet. Han læste for sin mor og fru La Tour de steder i bogen, der havde gjort mest indtryk på ham. Når han da blev bevæget ved mindet om sin egen sorg, var hans stemme nær ved at kvæles, og der fløt tårer ned over hans kinder. Det forekom ham, som om han i Antiopes værdighed og klogskab sammen med Eukaris' nød og ynde, så en skildring af Virginie. På den anden side gjorde nutidens romaner med deres skildringer af sæder og skikke samt overfladiske leveregler et chokerende indtryk på ham, og da han fik at vide, at disse romaner indeholdt en sandfærdig skildring af de europæiske samfund, var han ikke uden grund bange for, at Virginie skulle blive fordærvet og komme til at glemme ham.

Der var nu hengået halvandet år, uden at fru La Tour havde hørt fra sin moster og sin datter, dog havde hun ad anden vej erfaret, at Virginie var vel ankommet til Frankrig. Da modtog hun endelig med et skib, der var på vej til Indien en pakke og et brev, skrevet med Virginies egen hånd. Trods hendes elskværdige og overbærende datters forsøg på at skjule hendes sande tilstand, kunne hun dog mellem linierne læse at Virginie følte sig meget ulykkelig. Brevet skildrede så tydeligt hendes forhold og tænkemåde, at jeg næsten husker det ordret. Det lød således:

Kære elskede mor! Jeg har allerede skrevet flere breve til dig, men da jeg ikke har fået noget svar fra dig, formoder jeg, at de ikke er kommet frem. Jeg nærer større håb om at dette brev må nå dig, på grund af de forholdsregler, jeg har truffet for at du kan høre fra mig, og jeg kan få dit svar.
Jeg har grædt mange tårer, siden vi skiltes ad, jeg, der tidligere næsten aldrig har grædt over andres ulykker. Min tante blev meget overrasket, da jeg på hendes spørgsmål om, hvad jeg kunne, svarede hende, at jeg hverken havde lært at læse eller skrive. Hun spurgte, hvad jeg da havde lært, siden jeg kom til

verden, og da jeg svarede, at jeg forstod at tage mig af huset og udrette det, du ønskede, sagde hun, at jeg var blevet opdraget som en tjenestepige. Straks den næste dag satte hun mig i fængsel i et stort kloster tæt ved Paris, hvor jeg har lærere i alt muligt. De underviser mig, blandt andre ting, i historie, geografi, grammatik, matematik og ridning, men jeg har så lidt anlæg for alle disse fag, at jeg ikke vil få synderligt udbytte af undervisningen. Jeg føler, at jeg er en sølle skabning uden nogen begavelse, hvilket mine lærere da også har ladet mig forstå.

Alligevel forbliver min tantes godhed over for mig den samme. Hun giver mig nye kjoler til alle årstider og har ansat to kammerjomfruer, der er lige så pyntede som de fornemme damer, til at opvarte mig. Hun har givet mig titel af komtesse og sagt, at jeg skulle fralægge mig navnet La Tour, der var mig så dyrebart, fordi du havde fortalt mig om alle de genvordigheder, min far havde måttet udstå, fordi han havde giftet sig med dig. I stedet for hans familienavn har hun givet mig sit, der også er mig dyrebart, fordi du som ung pige har båret det.

Da jeg indså, i hvilken fordelagtig stilling jeg befandt mig, bad jeg tante om at sende dig en understøttelse, men hvordan skal jeg dog gengive dig hendes svar? Jo, du har jo pålagt mig altid at sige sandheden. Hun svarede, at lidt ikke ville være dig til nogen nytte, og at meget, i den tarvelighed, du levede i, kun ville være dig til ulejlighed. Jeg prøvede først på at lade dig høre nyt fra anden hånd i mangel af bedre, men da jeg ved min ankomst hertil ikke havde nogen, jeg kunne stole på, beskæftigede jeg mig dag og nat med at lære at læse og skrive, og Gud har været mig nådig og har ladet det lykkes for mig efter kort tids forløb. Jeg bad de damer, jeg omgås, om at sende dig mine første breve, men jeg har al grund til at tro, at de har givet dem til tante i stedet. Denne gang har jeg derfor bedt en af mine veninder, der ligesom jeg bor her, om at hjælpe mig, og jeg beder dig sende mig dit svar til hende. Tante har forbudt mig al brevveksling med fremmede, da hun mener, det kunne lægge hindringer i vejen for de planer, hun har med mig. Der er ingen andre end tante, der får lov til at tale med mig gennem gitteret, ud over en ældre adelsmand, som er hendes gode ven, og som hun siger synes meget godt om mig. Sandt at sige synes jeg ikke om ham, om jeg i det hele taget kunne synes om nogen.

Jeg lever her i stor velstand, men jeg har ikke rådighed over egne midler. Det hedder sig, at hvis jeg havde penge, kunne det få uheldige følger. Selv mine kjoler tilhører mine kammerjomfruer, og de skændes om dem, længe inden jeg har vraget dem. Midt i al denne rigdom er jeg alligevel meget fattigere, end jeg var hos dig, for jeg har ikke noget, som jeg kan give bort. Da jeg indså, at al den lærdom, de stoppede i mig, ikke satte mig i stand til at gøre den mindste smule godt, søgte jeg trøst i mine strikkepinde, som du heldigvis har lært mig at bruge. Jeg sender dig derfor nogle strømper, som jeg selv har strikket til dig og mor Marguerite, en hue til Domingo og et af mine røde tørklæder til Marie. Tillige lægger jeg i pakken nogle frøkorn og frugtkerner, som jeg selv har samlet i mine fritimer i klosterets park, og nogle frø af violer, gåseurt, ranunkler, valmuer, kornblomster og skabioser, som jeg har samlet på marken. Der er smukkere blomster på engene her i landet end hjemme hos os, men der er ingen, der bryder sig om dem. Jeg er sikker på, at du og Marguerite vil blive mere lykkelig for den pose frø end for den pose penge, der var skyld i vor adskillelse og de tårer, jeg dengang fældede. Det ville være mig en stor glæde, om jeg engang med tiden kunne få æbletræer at se gro side om side med vore pisangpalmer og bøgetræer blande deres løv med vore kokospalmers blade. Så vil du tro, at du er i Normandiet, som du jo holder så meget af. Du har bedt mig fortælle dig om mine sorger og glæder. Jeg har ingen glæder her så langt borte fra dig, og hvad mine sorger angår, så mildner jeg dem ved at tænke på, at jeg er sat på en post, hvor det var Guds vilje, at du skulle være. Min største bekymring er, at ingen nogen sinde taler med mig om dig, og at jeg ikke kan tale med nogen om dig. Når jeg prøver på at lede samtalen hen på emner, som betyder noget for mig, så siger mine kammerjomfruer, eller rettere tantes kammerjomfruer, for de er snarere hendes end de er mine, altid til mig: "Husk på, komtesse, at De er fransk, og at De må se at glemme de vildes land." Ak, jeg kunne snarere glemme mig selv end det sted, hvor jeg er født, og hvor du lever. Det er dette land her, der for mig er de vildes land, for her lever jeg alene, da jeg ikke har nogen, som jeg kan gøre delagtig i den kærlighed, jeg føler og vil blive ved at føle, lige til jeg lægges i min grav, til dig, min kære, højtelskede mor. Din lydige og kærlige datter

Virginie La Tour.

"Jeg beder dig tage dig af Marie og Domingo, der har passet og plejet mig med stor omhu, mens jeg var barn. Klap Fidèle! Det var ham, der fandt mig i skoven."

Paul blev meget forbavset over, at Virginie ikke havde nævnt ham med et eneste ord, skønt hun i sit brev sågar mindedes hunden i huset. Han forstod ikke, at hvor langt et brev en kvinde end skriver, så sætter hun først mod slutningen ord på de tanker, der er hende dyrebarest.

I et efterskrift anbefalede Virginie Paul særligt de to frøsorter violer og skabioser, og gav ham nogle uddybende oplysninger om disse blomsters særlige natur og de steder, hvor det var gunstigst at så frøene. Hun skrev: "Violen frembringer en lille, mørkeblå blomst, der ynder at skjule sig under buske, hvor man dog snart opdager den, fordi den dufter så dejligt". Og hun rådede ham til at så den ved kildens bred ved foden af hendes kokospalme. Hun skrev videre: "Skabiosen giver en smuk, blå blomst med hvidspættet bund. Den ser ud, som om den er klædt i sørgetøj, derfor kalder man den også enkeblomst. Den trives bedst på utilgængelige steder, hvor den er udsat for vindens susen." Hun bad ham så frøene ved den klippe, hvor hun havde talt med ham den sidste nat, og foreslog ham for hendes skyld at kalde stedet 'Farvelklippen.'

Disse frø havde hun lagt i en lille pung, der så ganske tarvelig ud, men som forekom Paul ubetalelig, da han opdagede et P og et V, der slyngede sig om hinanden og var flettet af hår, som han vidste var taget fra Virginies skønne fletninger.

Hendes brev fik dem alle til at udgyde tårer. I hele familiens navn svarede hendes mor, at hun kunne blive, hvor hun var, eller vende hjem igen efter eget ønske, og forsikrede hende samtidig, at de alle havde mistet den, der var deres største lykke, og at siden hun var rejst, havde hendes mor været utrøstelig.

Paul skrev hende et meget langt brev, hvori han forsikrede hende om, at han nok skulle sørge for, at haven blev hende et værdigt minde, og lovede at blande europæiske og afrikanske planter mellem hinanden, ligesom hun havde slynget deres to navne ind i hinanden. Han sendte hende helt modne kokosnødder fra kilden og tilføjede i sit brev, at han ikke sendte hende frø fra øen, da det at se dem vokse og gro måske ville forhindre hende i hurtigt at vende hjem. Han bad hende inderligt om meget snart at efterkomme familiens og hans eget brændende ønske, eftersom han ikke kunne nyde nogen glæde, når hun var borte fra ham.

Han såede med største omhu de europæiske frø, især violerne og skabioserne, som Virginie særligt havde anbefalet ham, og hvis blomster syntes at frembyde en vis overensstemmelse med hendes egen natur og nuværende forhold, men om det var, fordi de på turen til Île de France havde mistet deres spirekraft, eller måske snarere, fordi vejrliget i denne del af verden ikke var gunstigt for dem, så spirede kun en ringe del af dem og de nåede aldrig at udvikle sig fuldt ud.

Misundelsen, der ofte kommer menneskenes lykke i forkøbet, især i de franske kolonier, spredte rygter om Virgenie, som gjorde Paul meget ængstelig. De søfolk, der havde medbragt Virginies brev, fortalte ham, at hun snart ville gifte sig, og nævnte i den forbindelse den ældre adelsmand, der skulle ægte hende, ja nogle sagde endog, at det allerede var en fuldbragt kendsgerning, og at de havde været til stede ved vielsen. I begyndelsen tog Paul sig ikke af, hvad han kun regnede for sømandshistorier, men da flere af øens indbyggere, med hvad forekom ham at være hyklerisk medlidenhed, udtrykte deres beklagelser i anledning af denne begivenhed, begyndte han at fæste nogen lid til den. Desuden havde han i nogle af de romaner, han havde læst, set forræderi behandlet som en spøg, og da han vidste, at disse bøger indeholdt temmelig sandfærdige skildringer af europæiske skikke, var han bange for, at fru La Tours datter skulle blive fordærvet i Europa og glemme sine tidligere løfter. Således begyndte allerede hans viden at gøre ham ulykkelig, og hvad der endnu mere forøgede hans frygt var, at der i løbet af det næste halve år kom flere skibe fra Europa, uden at et eneste af dem bragte nyt om Virginie.

Den ulykkelige, unge mand, hvis hjerte således pintes af en stadig uro, kom ofte hen og besøgte mig for gennem min livserfaring at få sin ængstelse bekræftet eller ryddet af vejen.

10. kapitel

Jeg bor, som jeg tidligere har fortalt Dem, ca. 5 km. herfra ved bredden af en flod, der flyder langs bjerget Montagne Longue. Der tilbringer jeg mit liv alene, ugift, barnløs og uden slaver.

Næst efter den sjældne lykke, det er at finde en ægtefælle, der passer til én, er det sikkert den mindst ulykkelige situation i livet at leve alene. Enhver, der har haft rig anledning til at beklage sig over menneskene, søger som regel ensomhed. Det er også værd at lægge mærke til, at de folkeslag, der på grund af deres meninger, skikke eller regeringer har følt sig ulykkelige, har fostret mange borgere, der helt har viet sig til ensomheden og forblevet ugifte. Det var tilfældet med ægypterne i deres nedgangstid og grækerne under det byzantinske kejserdømme, og det er nu om stunder tilfældet med inderne, kineserne og vore dages grækere, italienere og de fleste øst- og sydeuropæiske folkeslag. Ensomheden fører til en vis grad menneskene tilbage til den naturlige lykke ved at holde samfundets ulykker borte fra dem. I vore dages samfund, der er splittede på grund af mange fordomme, befinder sjælen sig i bestandig uro, idet den uophørligt må kæmpe med en mængde voldsomme og hinanden modsigende meninger, ved hvilke medlemmerne af et ærgerrigt og ulykkeligt samfund gensidigt søger at undertrykke hinanden. Dog i ensomheden fjernes disse besynderlige skuffelser, som fremkalder uro, og den enkle følelse af sig selv, naturen og dens oprindelse genopstår. Ligesom det plumrede vand i et vandløb, der løber over markerne, ved at samle sig i en lille dam fjernt fra dets udløb afsætter sit dynd på bunden af flodlejet og får sin oprindelige klarhed tilbage så det igen afspejler den grønne mark og den lyse himmel.

Ensomheden bringer lige så vel samklang mellem legemets forskellige udfoldelser som dets sindstilstande. Blandt eneboerne finder man de mennesker, der har opnået mest i livet, som for eksempel de indiske braminer. Kort sagt, tror jeg, at ensomheden i så høj grad er vigtig for menneskenes lykke, at det ikke er muligt at nyde en varig glæde af en hvilken som helst følelse eller indrette sit liv efter nogen som helst varig grundregel, med mindre man skaber sig en indre ensomhed, som éns egen anskuelse sjældent opgiver, og som andres aldrig trænger ind i. Jeg vil dog ikke dermed sige, at mennesket bør leve ganske alene, for det er gennem alle sine fornødenheder knyttet til hele menneskeheden og skylder følgelig menneskene sit arbejde og forøvrigt også står i gæld til naturen. Mens Gud har givet enhver af os samseredskaber, der er tilpasset den klode, som vi lever på, nemlig fødder til at træde på jorden med, lunger til at indånde luften og øjne til at opfatte lyset, så er vi ude af stand til at ændre disse sansers brug, da han, skaberen af livet, har forbeholdt sig det fornemste organ, hjertet.

Jeg tilbringer altså mine dage langt borte fra menneskene, som jeg egentlig havde ønsket at tjene, men som jeg mener har svigtet mig. Efter at jeg havde gennemrejst en stor del af Europa og nogle egne i Amerika og Afrika, slog jeg mig ned her på denne tyndt befolkede ø, hvis milde klima og ensomme beliggenhed lokkede mig. En hytte, som jeg har bygget mig inde i skoven ved foden af et lille træ, en lille mark, som jeg med egne hænder har opdyrket og en flod, der flyder forbi min dør, er nok til mine fornødenheder og glæder. Hertil kommer så den fornøjelse, jeg har af nogle gode bøger, der har lært mig at være et bedre menneske og oven i købet at få selve den verden, jeg har forladt, til at forstærke min lykke. Bøgerne giver mig nemlig beretninger om de lidenskaber, der gør disse mennesker så ulykkelige, og de giver mig lejlighed til at påbegynde en sammenligning mellem deres skæbne og min, så jeg gennem modsætningen stærkere føler min egen lykke. Ligesom en skibbruden mand, der har reddet sig op på en klippe, betragter jeg min ensomhed og de uvejr, der hærger den øvrige del af verden, og min ro føles stærkere på grund af stormens fjerne rasen. Siden menneskene ikke længere findes på min vej og jeg ikke længere på deres, er jeg hørt op med at hade dem og har nu blot medlidenhed med dem. Hvis jeg møder en eller anden ulykkelig skabning, prøver jeg at hjælpe ham med mine råd, ligesom en overlevende rækker en druknende sin hånd.

I almindelighed har kun de uskyldige villet lytte til min røst. Forgæves kalder naturen de øvrige mennesker til sig, for enhver af dem skaber sig et billede af den, som han iklæder sine egne lidenskaber og forfølger hele sit liv. Dette tomme skyggebillede vildleder ham, hvorefter han beklager sig til himlen over de fejltrin, han selv har været skyld i at begå. Blandt en stor mængde ulykkelige mennesker, som jeg undertiden har prøvet på at føre tilbage til naturen, har jeg ikke truffet en eneste, der ikke var beruset af sine egne ulykker. I begyndelsen hørte de opmærksomt på mig i håb om, at jeg kunne hjælpe dem med at opnå berømmelse eller skabe sig en formue, men når de erfarede, at jeg kun ville lære dem at undvære disse ting, fandt de, at jeg selv var en elendig stakkel, fordi jeg ikke delte deres begreb om lykke. De bebrejdede mig mit eneboerliv og påstod, at de alene var menneskene til nytte, fordi de samtidig bestræbte sig for at drage mig ind i folden, men at jeg ikke agtede at give efter. Ofte er jeg mig selv nok, og jeg gennemgår i mit nuværende rolige liv, ofte i tankerne mit tidligere liv og de ting, jeg da tillagde så stor værd, såsom rigmænds gunst, formue, berømmelse, vellystige glæder og de anskuelser, der hele jorden over bekæmper hinanden. Jeg sammenligner de mange mennesker, jeg har set rasende strides om disse selvbedrag, med bølgerne i min flod, der skummende brydes mod klipperne i dens bund og forsvinder for aldrig mere at komme til syne. Jeg for mit vedkommende lader mig fredeligt glide ned ad tidens strøm mod fremtidens uendelige hav, der ingen bredder har, og hæver mig gennem skuet af naturens enhed til dens ophav, mens jeg håber på en lykkeligere skæbne i en anden verden.

Skønt man fra mit enebo, der ligger midt i en skov, ikke har den udsigt, som vi kan nyde fra dette højtliggende sted, hvor vi nu sidder, findes der dog fængslende skuer, især for en mand, der som jeg hellere vil se ind i sig selv end udstrække sit syn til omverdenen. Den flod, der flyder forbi min dør, løber i lige linie gennem skoven, så den ligner en lang kanal, skygget af træer med mange forskellige slags løv. Der er ibenholt, oliven- og kaneltræer, og grupper af palmetræer hæver sig hist og her med deres nøgne, over 30 m. høje stammer med bladduske i toppen, der gør, at de ser ud som en skov, der gror oven over den almindelige skov. Dertil kommer så slyngplanter med forskelligt løv, der bugter sig fra træ til træ og snart danner blomsterbuer, snart lange grønne gardiner. Fra de fleste af disse træer udgår der en krydret duft, der er så gennemtrængende, at man flere timer, efter at en mand er gået gennem skoven, endnu kan mærke det på hans klæders lugt. I den årstid, da de blomstrer, skulle man næsten tro, at skoven var dækket af sne.

Henimod sommerens afslutning kommer mange fremmede fuglearter, af ubegribelige årsager, flyvende fra fjerne egne af verden for at ernære sig ved øens plantefrø, og danner med deres spraglede farver en skøn kontrast til træernes brune og grønne løv. Der er således flere arter af papegøjer og de blå og rødbrune duer, man her kalder hollandske duer. Aberne, der hører hjemme i skovene, leger blandt de mørke grene, hvor man tydeligt kan se dem på grund af deres grønne og grålige ansigtsfarve. Nogle hænger i halen og gynger i luften, andre hopper fra gren til gren, mens de bærer ungerne på armen. Aldrig har noget morderisk bøsseskud skræmt disse fredelige skabninger. Man hører her kun glædesskrig, fuglekvidder og de ukendte toner, som nogle australske landfugle udstøder, og som giver genlyd langt borte i skoven. Floden, som brusende flyder hen over sit klippeleje mellem træerne, spejler hist og her i sit klare vand deres ærværdige, dunkle løvmasser og deres beboeres muntre leg. Tusind skridt borte styrter floden sig ned over flere klippeafsatser og danner ved sit fald et vandtæppe så klart som krystal. En høj larm udgik fra dette brusende vand og blev af vinden ført rundt i skoven, idet lyden snart lød langt borte, snart samledes på ét sted og lød som klokkeklangen fra en domkirke. Luften, der uophørligt fornyes ved vandets bevægelse, bevarer, trods sommervarmen, ved denne flods bredder en friskhed i løvet og i grønsværen, som man kun sjældent træffer på denne ø, end ikke på bjergenes toppe.

Noget borte herfra ligger der en klippe, tilstrækkelig langt fra vandfaldet til, at man ikke bliver bedøvet af dets brusen og dog nær nok til, at man kan nyde godt af synet. Ofte gik fru La

Tour, Marguerite, Virginie, Paul og jeg derhen i den stærke varme for at spise til middag i klippens skygge. Da Virginie aldrig foretog sig selv den ligegyldigste ting uden at tænke på andres vel, spiste hun ikke nogen sinde en frugt uden at lægge kernerne eller frøet ned i jorden. Hun plejede at sige: "Deraf kan der gro træer, der kan give en rejsende eller i det mindste en fugl føde." Da hun således en dag havde spist en papaya ved foden af denne klippe, såede hun dens kerner, og snart efter voksede der papayaer op, deriblandt en hunplante, det vil sige en frugtbærende plante. Den nåede, da Virginie rejste, ikke højere op end til hendes knæ, men da disse planter vokser hurtigt, var den nu to år efter seks meter høj, og dens stamme var i toppen omgivet af flere rækker af modne frugter. Paul, der tilfældigvis en dag var kommet derhen, blev meget glad ved at se, at der af det lille frøkorn, han havde set sin veninde lægge i jorden, var vokset et så stort træ, men samtidig blev han bedrøvet over dette vidnesbyrd om, at hun havde været så længe borte. De ting, man er vant til at se, får ikke én til at lægge mærke til, hvor hurtigt livet går, for de ældes umærkeligt sammen med os. Det er dem, man pludselig genser efter i nogle år at have tabt dem af syne, der minder os om med den hurtighed, hvormed livet går. Paul blev lige så overrasket og forvirret ved synet af dette med frugter belæssede papayatræ, som en rejsende bliver, når han efter lang fraværelse fra sit fædreland ikke længere træffer sine samtidige, men disses børn, som han havde efterladt ved deres mødres bryst, og som nu selv var blevet forældre. Snart ville han fælde det, fordi det alt for tydeligt mindede ham om den lange tid, der var hengået siden Virginies bortrejse, snart betragtede han det som et minde om hendes godgørenhed, kyssede dets stamme og henvendte sig med kærlige og længselsfulde ord til det, idet han sagde: "Oh, du træ, hvis afkom endnu findes her i vore skove, jeg har selv set på dig med mere deltagelse og ærefrygt end på romernes triumfbuer! Gid naturen, der daglig får kongers ærgerrige mindesmærker til at smuldre hen, her i vore skove må mangfoldiggøre vidnesbyrdet om en fattig, ung piges godgørende handlinger!"

Det var derfor ved foden af dette papayatræ, jeg altid kunne være sikker på at træffe Paul, når han kom hen på den kant, hvor jeg bor. En dag traf jeg ham der i en meget nedtrykt sindsstemning og havde en samtale med ham, som jeg her vil gengive, hvis jeg ikke allerde har trættet for meget med mine mange og lange afstikkere, der må tilgives min alder og mit venskab til de mennesker, vi taler om. Jeg vil viderebringe den nøjagtig som ordene faldt, for at De selv kan bedømme, hvor megen sund fornuft naturen havde lært denne unge mand. De vil let, af spørgsmålene og mine svar på dem kunne fornemme aldersforskellen mellem de to deltagere i samtalen. Paul sagde til mig:

"Jeg er meget bedrøvet. Nu er det to år og to måneder siden frøken La Tour rejste, og i de sidste 8½ måned har hun ikke ladet høre fra sig. Hun er rig, jeg er fattig, hun har vel sagtens glemt mig. Jeg havde lyst til at gå om bord på et skib og rejse til Frankrig for at tjene kongen. Når jeg på den måde havde gjort min lykke og var blevet en fornem herre, så ville frøken La Tours tante give mig lov til at gifte mig med sin niece." Jeg svarede: "Min kære ven, De har jo fortalt mig, at De var af ringe herkomst."

Paul: "Det har min mor sagt, jeg for min del ved ikke, hvad ringe herkomst vil sige. Jeg har aldrig bemærket, at min var ringere end andres eller de andres var fornemmere end min."

Jeg: "Mangel på en fin slægtshistorie spærrer Dem i Frankrig vejen til at opnå fornemme stillinger og De vil ikke kunne få adgang til nogen af de finere samfundsklasser."

Paul: "De har jo selv mange gange sagt til mig, at en af grundene til Frankrigs storhed er, at selv den ringeste borger kan blive til alt, og De har fortalt mig om mange berømte mænd, der, skønt af ringe stand, havde gjort deres fædreland ære. Er det Deres hensigt at tage modet fra mig?"

Jeg: "Min søn, det ville jeg aldrig gøre. Jeg har fortalt om forholdene, som de var før i tiden, men nu er meget forandret og det er blevet muligt at købe sig til alt i Frankrig. Magten ligger hos ganske få familier og går sædvanligvis i arv. Kongen er en sol, der omgives af de fornemme familier og af det siddende styre. Det ville næsten være utænkeligt, at hans stråler også kunne falde på Dem. Tidligere, da styret var mindre kompliceret, kunne sådanne ting forekomme. Dengang fik mennesker med kundskab eller som havde vist sig fortjent til det, mulighed for at forbedre deres status, lige som jomfruelig jord, der, når den opdyrkes, afgiver al sin saft og kraft. Dog er store konger, der har menneskekundskab og forstår at træffe et rigtigt valg, ret så sjældne. De fleste herskere lader sig lede af stormænds indfald og af de regeringer, der omgiver dem."

Paul: "Jeg kan måske møde en af disse stormænd, der vil tage sig af mig."

Jeg: "Måske vil De vinde stormandens gunst ved at tilfredsstille hans forventninger eller fornøjelser, men nej, det vil aldrig ske, for De er af ringe herkomst, og De er ærlig og retskaffen."

Paul: "Ja, men jeg skal udføre så modige handlinger, være så trofast og holde mit ord, opfylde mine pligter, vise et så ivrigt og udholdende venskab, at jeg skal gøre mig fortjent til at få min slægt anerkendt, således som jeg har set, det er gået for sig i de beretninger om oldtidens historie, som De har ladet mig læse."

Jeg: "Min kære ven! Hos grækerne og romerne, selv i deres ncdgangstider, havde deres stormænd agtelse for dyden, men skønt vi har haft en række berømte mænd, der er udgået fra folkets midte, kender jeg ikke til en eneste, der er blevet ophøjet til en fornem slægt. Hvis vore konger ikke havde været, ville dyden i Frankrig have været fordømt til evigt at være noget, der hørte almuen til. Som jeg har sagt Dem før, hædrer man nogle gange dyden, når man lægger mærke til den. Dog nu om dage skænker man kun for penge de udmærkelser, der var forbeholdt dyden."

Paul: "I mangel af en stormand vil jeg søge at tækkes et styre, og ganske tilegne mig dets ånd og anskuelser og gøre mig afholdt."

Jeg: "De vil altså gøre som de fleste andre mennesker, give køb på Deres samvittighed for at komme til tops?"

Paul: "Nej, jeg vil altid søge sandheden."

Jeg: "I stedet for at gøre Dem afholdt, kunne De let blive genstand for had. Desuden bryder et styre sig kun lidt om sandheden. Enhver overbevisning er lige god for de stræbsomme, så længe de får magt."

Paul: "Hvor er jeg ulykkelig! Alt og alle støder mig bort. Jeg er fordømt til at tilbringe mit liv med et underordnet arbejde langt borte fra Virginie," og han sukkede dybt.

Jeg: "Lad Gud være Deres eneste beskytter og menneskeheden Deres styrende organ, vær til stadighed begge hengivne! Familierne, regeringerne, folkene og kongerne har alle deres fordomme og lidenskaber. Ofte må man tjene dem ved hjælp af sine laster, mens derimod Gud og menneskeheden kun forlanger dyder af én, men hvorfor vil De udmærke Dem frem for andre mennesker? Det er en følelse, der ikke er naturlig, eftersom alle så ville ligge i krig med sin nabo. Nøjes De blot med at opfylde Deres pligt i den stilling, som Vorherre har givet Dem! Velsign Deres skæbne, der tillader Dem at have Deres egen samvittighed og ikke nøder Dem til, som stormændene, at lade lykken være afhængig af meningen blandt folk med lavere status, der kryber for de store for at skaffe sig til dagen og vejen. De lever i et land og under vilkår, hvor De, for at opholde livet, hverken behøver at bedrage, smigre eller nedværdige Dem, således som de fleste af dem, der søger lykken i Europa gør, og hvor De ikke, på grund af Deres stilling, er forhindret i at øve nogen som helst dyd og hvor De ustraffet kan være god, sandfærdig, oprigtig, oplyst, tålmodig, mådeholdende, kysk, overbærende og gudfrygtig, uden at nogen latterliggørelse får Deres visdom, der stadig er under udvikling, til at visne. Himlen har givet Dem frihed, sundhed, en god samvittighed og venner, de konger, hvis gunst De stræber efter, er ikke så lykkelige."

Paul: "Ak! Jeg savner Virginie! Uden hende har jeg intet, men med hende ville jeg have alt. Hun alene er mig herkomst, ære og formue, men eftersom hendes tante ønsker at give hende en mand med et berømt navn til ægtefælle, så kan jeg jo vel, ved at læse flittigt i bøger, blive en lærd og berømt mand. Jeg vil studere, skaffe mig viden og udelukkende tjene mit fædreland på en nyttig måde gennem min indsigt, uden at skade nogen og uden at være afhængig af nogen. Jeg vil blive berømt og kun have mig selv at takke for det."

Jeg: "Min søn, naturgaver er endnu sjældnere end fornem herkomst og rigdomme. Vel er medfødte evner større goder, eftersom de ikke kan fratages én, og vel skaffer de overalt én offentlig agtelse, men de koster, og man erhverver dem kun ved alle slags afsavn og ved en overdreven finfølelse, der gør én ulykkelig både indadtil og udadtil. Vel misunder i Frankrig juristen ikke officeren, eller officeren ikke sømanden hans berømmelse, men alle vil krydse Deres vej, fordi de alle mener at være lige begavede. De vil tjene menneskene, siger De, men den, der får jorden til at frembringe et kornneg mere, gør dem en større tjeneste end den, der skænker dem en bog."

Paul: "Oh, hvad hører jeg! Den pige, der har plantet dette papayatræ, har givet beboerne i disse skove en nyttigere og sødere gave, end om hun havde skænket dem en hel bogsamling?" og samtidig omfavnede han træet og kyssede det henrykt.

Jeg: "Den bedste af alle bøger, er den, der kun beretter om lighed, venskab, menneskelighed og enighed. Evangeliet har i århundreder tjent europæerne som påskud for deres anfald af raseri, og mange udøver endnu den dag i dag offentligt men hemmeligt i religionens navn et voldsherredømme her på jorden! Hvem tør, når situationen er som den er, håbe på at være til nytte for menneskene med en bog? Husk på, hvilken skæbne der har ramt de fleste af de filosoffer, der har prædiket visdom for menneskeheden. Homer, der iklædte visdomsordene så skønne vers, og måtte gå omkring og tigge, mens han levede, Sokrates, der gav athenerne en så klog lære med sin tale og sine sæder og skikke, men alligevel blev dømt og blev forgivet af dem, hans enestående lærling Platon, der blev gjort til slave af selvsamme fyrste, som egentlig skulle beskytte ham, og før dem Pythagoras, der udvidedede menneskeheden til også at omfatte dyrene, og blev levende brændt af indbyggerne i Kroton. Ja, hvad siger jeg? De fleste af disse berømte navne er endda blevet os kendt som forvanskede af et eller andet særligt satirisk træk, fordi menneskelig utålmodighed morer sig med at genkende dem deri. Hvis nogle få blandt de mange berømtheder havde fået deres ry bevaret rent og u-plettet, skyldtes det for det meste, at de levede langt væk fra deres samtids samfund, ligesom de statuer, man graver hele og ubeskadigede op på de græske og italienske marker, og som undslap barbarernes rasen, fordi de lå gemt i jordens dyb. De kan altså se, at for at opnå et omdømme, så omskifteligt som litteraturens, kræves der megen dyd og vilje til at ofre sit eget liv. Tror De i øvrigt, at den slags omdømme interesserer de rige mennesker i Frankrig? Nej, de bryder sig ikke om forfattere, hvis viden i deres hjemland hverken har givet dem ærestitler, embeder eller adgang til hoffet. Der sker ikke mange forfølgelser i dette århundrede, som ikke har noget med formue og vellyst at gøre, men viden og dyd fører ikke til noget bemærkelsesværdigt, fordi alt i staten tilfalder de rige. Tidligere fandt de sikre belønninger i de forskellige kirkelige stillinger, embedspositioner og andre poster, nu om dage tjener de kun til at skrive bøger, en frugt, som, selvom den er ringeagtet af verdensmennesker, stadig er sin himmelske oprindelse vær-dig. Det er de samme bøger, der særligt er bestemt til at kaste glans over ukendt dyd, trøste de ulykkelige, oplyse folkene og fortælle selv kongerne sandheden. Det er uden tvivl den mest ophøjede opgave, som himlen kan hædre en dødelig med her på jorden. Hvilket menneske ville ikke trøste sig over de magtfuldes uretfærdighed og foragt, når han tænker på, at hans værk, gennem århundreder og fra folk til folk, skal tjene som værn mod vildfarelse eller voldsmænd, og at der fra den ubemærkethed, hvori han har levet, skal stråle en berømmel-se, der vil udviske de fleste konger, hvis mindesmærker for-

forsvinder i glemsel på trods af folk der stadig priser dem?"

Paul: "Oh, jeg ville kun ønske denne berømmelse for at lade den skinne på Virginie og gøre hende dyrebar for verden, men De, som besidder så stor viden, sig mig, om vi nogen sinde bliver gift. Jeg ville ønske, jeg var lærd, i det mindste for at kunne kende fremtiden."

Jeg: "Hvem ville ønske at leve, hvis han kendte fremtiden? En eneste forudset ulykke giver én så mange tomme bekymringer! Viden om en sikker ulykke ville forgifte alle de dage, der gik forud for den. Man skal end ikke trænge for dybt ned i sine omgivelser, og himlen, der giver os evnen til at forudse vores behov og har givet os disse behov for at sætte grænser for vores forudseenhed."

Paul: "De siger, at man i Europa for penge kan erhverve sig æresposter og status. Jeg vil rejse til Bengalen og blive rig for derefter at drage til Paris og gifte mig med Virginie. Jeg vil straks indskibe mig."

Jeg: "Hvad for noget! Ville De forlade hendes mor og Deres egen mor?"

Paul: "De har jo selv rådet mig til at rejse til Indien."

Jeg: "Ja, men dengang var Virginie her. Nu er De jo Deres og hendes mors eneste sløtte."

Paul: "Virginie vil, med sin rige tantes hjælp, kunne understøtte dem begge."

Jeg: "Det gør de rige i reglen kun, hvis de kan prale med det. De har en slægtning i en langt mere beklagelig stilling end fru La Tour, som, fordi vedkommende ikke modtager nogen hjælp, må ofre sin frihed for at få det daglige brød og tilbringe livet indespærret i et kloster."

Paul: "Hvad er Europa dog for et forfærdeligt sted! Virginie må og skal tilbage hertil. Hvad nytte har hun af at have en rig tante! Hun var så glad i disse hytter, så så sød ud, når hun var pyntet med et rødt tørklæde eller blomster i håret. Kom tilbage, Virginie, forlad de fine huse og al din storhed! Vend hjem til vore klipper, vore skyggefulde lunde og vore kokospalmer! Ak! Nu er du måske ulykkelig!" og han gav sig til at græde. "Ærværdige mand, skjul ikke noget for mig! Hvis De ikke kan sige mig, om jeg får Virginie til ægte, så lad mig i det mindste vide, om hun endnu holder af mig midt iblandt de fornemme adelsmænd, der kan få kongen i tale og få lov til at hilse på ham."

Jeg: "Min ven, jeg er sikker på, hun stadig holder af Dem, og det af flere grunde, men især, fordi hun er dydig." Ved disse ord faldt Paul mig om halsen, henrykt af glæde.

Paul: "Tror De, at de europæiske kvinder er så falske, som de fremstilles i de lystspil og bøger, De har lånt mig?"

Jeg: "Kvinderne er falske i de lande, hvor mændene hersker enerådigt. Vold fremkalder alle steder falskhed og list."

Paul: "Hvorledes kan man dog bruge vold mod kvinder?"

Jeg: "Ved at gifte sig med dem uden at spørge dem om deres mening, ved at lade en ung pige ægte en olding og en følsom kvinde en ligegyldig mand."

Paul: "Hvorfor gifter man da ikke dem, der passer sammen med hinanden, de unge piger med de unge mænd og elskeren med hans elskerinde?"

Jeg: "Fordi de fleste unge mænd i Frankrig ikke har formue nok til at gifte sig, men først får det, når de bliver gamle. Mens de er unge, forfører de deres naboers hustruer, når de bliver gamle, kan de ikke længere holde på deres egne hustruers opmærksomhed. De har i deres ungdom bedraget andre, nu bliver de til gengæld bedraget i deres alderdom. Det er en af virkningerne af den almindelige retfærdighed, der styrer verden, den ene yderlighed opvejer altid den anden. Derfor tilbringer de fleste europæere deres liv i denne dobbelte forvirring, og denne forvirring vokser i et samfund i samme forhold, som rigdommene ophobes på færre hænder. Staten ligner en have, hvor de små træer ikke kan trives, hvis der er for høje træer, der skygger for dem. Dog er der den forskel, at en haves skønhed kan fremgå af et ringe antal høje træer, mens derimod en stats trivsel altid afhænger af dens undersåtters mængde og lighed, og ikke af et ringe antal rigmænd."

Paul: "Men hvorfor behøver man at være rig for at gifte sig?"

Jeg: "For at kunne leve i overflod uden at skullle arbejde."

Paul: "Men hvorfor skulle man undgå at arbejde? Jeg arbejder jo."

Jeg: "Fordi det i Europa betragtes som nedværdigende at arbejde med sine hænder. Det kalder man et mekanisk arbejde. Det at dyrke jorden er endog det mest ringeagtede af alle. En håndværker er i Europa langt mere respekteret end en bonde."

Paul: "Hvad siger De? Er det arbejde, der skaffer menneskene føde, ringeagtet i Europa? Jeg forstår Dem ikke."

Jeg: "Det er ikke muligt for et menneske, der er opdraget i naturens skød, at begribe samfundets fordærv. Man kan gøre sig en tydelig forestilling om orden, men ikke om uorden. Skønhed, dyd og lykke er underkastet bestemte forhold, mens det samme ikke er tilfældet med hæslighed, laster og ulykke."

Paul: "Så må de rige være meget lykkelige! De støder jo aldrig på hindringer, og de kan gøre de genstande, de holder af, så indtagende som de ønsker."

Jeg: "De fleste af dem er nedslidte af nydelser, netop fordi disse ikke koster dem noget særlig besvær at opnå. Har De ikke gjort den erfaring, at hvilens glæde købes med anstrengelse, glæden at spise med sult og den at drikke med tørst? Vel, den glæde at elske og blive elsket erhverves kun ved en mængde afsavn og ofre. Rigdomme berøver alle de rige disse glæder ved at komme deres fornødenheder i forkøbet. Til den kedsomhed, der følger med mætheden, kommer så det hovmod, der følger af velstanden, og som berøres pinligt af det ringeste afsavn, selv da, når de største nydelser ikke længere smigrer dem. Duften af tusinde roser virker kun behageligt på én et kort øjeblik, men den smerte, et stik af en eneste af deres torne volder, varer ved længe. En ulykke midt i glæden er for de rige som en torn midt i blomsterne, mens derimod for de fattige en glæde midt i ulykkerne er som en blomst midt i tornene, hvis nydelse de levende kan føle. Enhver virkning forøges gennem sin modsætning. Naturen har bragt ligevægt i tingene, og når det kommer til stykket, hvilken tilstand tror De så bør foretrækkes. Den, næsten ikke at have noget at håbe, men alt at frygte, eller den, næsten ikke at have noget at frygte, men alt at håbe? Den første tilstand er den, de rige befinder sig i, den sidste er den, der er typisk for de fattige, men begge disse yderligheder er lige vanskelige at bære for mennesker, hvis lykke beror på mådehold og dyd."

Paul: "Hvad forstår De ved dyd?"

Jeg: "Min søn! De, der forsørger Deres familie ved Deres arbejde, har ikke brug for en forklaring på dette ord. Dyden er en anstrengelse, man gør sig selv til gavn for andre i den hensigt at behage Gud."

Paul: "Hvor må da Virginie være dydig! Det var af dyd, hun ønskede at blive rig, for at kunne gøre godt. Det var af dyd, hun drog bort her fra, og dyden vil også føre hende tilbage her til."

Idet nu tanken om hendes nær forestående hjemkomst opildnede den unge mands indbildningskraft, svandt al hans ængstelse som dug for solen. Når Virginie ikke havde skrevet, var det, fordi hun snart ville komme hjem. Det tog så kort tid at komme hertil fra Europa med en gunstig vind, og han begyndte at remse navnene op på de skibe, der havde tilbagelagt de

mange tusinde kilometers lange sejlads på mindre end tre må-
neder. Det skib, hun var gået om bord på, ville ikke bruge mere
end to måneder, for skibsbyggerne var nu om stunder så dyg-
tige og sømændene så erfarne. Han talte om de foranstalt-
ninger, han ville træffe for at modtage hende, om den nye
bolig, han ville indrette, om de glæder og overraskelser, han
hver dag ville berede hende, når hun først blev hans hustru.
Hans hustru! Tanken henrykkede ham. "Så skal De ikke gøre
andet, end hvad De har lyst til," sagde han til mig. "Da Virginie
er rig, kan vi få mange slaver til at arbejde for os. De skal altid
blive hos os og ikke bekymre Dem om andet end at more og
fornøje Dem," og han gik ude af sig selv af fryd hen for at med-
dele sin familie den glæde, hvoraf han var så beruset.

Store forhåbninger afløses på kort tid ofte af stor frygt, og vold-
somme lidenskaber kaster altid sjælen til den modsatte yder-
lighed. Ofte kunne Paul, allerede dagen efter, komme tilbage
for at besøge mig, overvældet af tungsind, og sige: "Virginie
skriver ikke et eneste ord til mig. Hvis hun var sejlet fra Europa,
ville hun have meddelt mig sin afrejse. Ak, de rygter, der har
verseret om hende, er sikkert sandfærdige. Hendes tante har
giftet hende med en fornem adelsmand, og kærlighed til rig-
dom har været hendes, som så mange andres, ulykke. I de bø-
ger, der skildrer kvinderne på en så fortræffelig vis, er dyden
kun et af mange emner. Hvis Virginie havde besiddet dyd, ville
hun ikke have forladt sin mor og mig. Mens jeg tilbringer mit liv
med at tænke på hende, glemmer hun mig. Jeg sørger, mens
hun morer sig. Oh, denne tanke bringer mig til vanvid. Ethvert
arbejde er mig imod og alt selskab keder mig. Gud give, der
blev krig i Indien, for så ville jeg lade mig slå ihjel der."

"Kære søn," svarede jeg ham, "det mod, der fører én i døden,
varer kun et øjeblik og bliver ofte kun fremkaldt ved menne-
skers forfængelige bifald. Der findes et sjældnere og mere
nødvendigt mod, der får én til daglig uden vidner og uden lov-
taler at bære livets genvordigheder, det er tålmod. Det støtter
sig ikke til andres mening eller til vore lidenskabers drivkraft,
men til Guds vilje. Tålmod er dydens mod."

"Ak!" udbrød han, "så har jeg altså ikke nogen dyd! Alt tager modet fra mig og gør mig fortvivlet."

Jeg bemærkede: "Den evigt ensartede, bestandige, uforanderlige dyd falder ikke i et menneskes lod. Midt iblandt alle de lidenskaber, der påvirker én, bliver éns fornuft forvirret og fordunklet, men der findes fyrtårne, ved hvis lys man atter kan tænde dens fakkel, og det er litteraturen. Litteraturen, min søn, er en hjælp fra himlen, den er som stråler fra den visdom, der styrer verden, stråler som mennesket, begejstret af en himmelsk kunst, har lært at fæstne til jorden. På samme måde som solens stråler lyser op, glæder og varmer os, så er de en guddommelig ild. På samme måde som ilden tilpasser de hele naturen efter vores behov. Ved dem samler vi ting, steder, mennesker og tider om os. Det er dem, der kalder os tilbage til reglerne for et menneskeligt liv. De dæmper lidenskaberne, undertrykker lasterne, vækker dyder til live gennem de retfærdige menneskers eksempler, som de berømmer, og hvis stadig hædrede billede de viser os. Det er himmelske døtre, der stiger ned på jorden for at trøste menneskeslægten i dens ulykker. De store forfattere, som begejstres af litteraturen, er altid kommet frem i år, hvor samfundene havde de største vanskeligheder i barbariske og fordærvede tider. Min søn, litteraturen har trøstet en uendelig mængde mennesker, der var mere ulykkelige end De, Xenophon, da han var landsforvist fra sit fædreland, efter at han havde ført de ti tusinde grækere tilbage, den afrikanske Scipio, da han var træt af romernes bagvaskelser, Lucullus, der var ked af deres intriger og Catinat, der var trist til mode over hoffets utaknemmelighed. De kloge grækere havde tildelt hver af videnskabens ni muser en del af vor forståelse at herske over, vi bør derfor lade dem styre vores lidenskaber med åg og bidsel. De bør, med hensyn til vore sjæles evner, udøve det samme arbejde som horaerne, der spændte hestene for solvognen. Læs derfor, min søn! De vismænd, der har skrevet før os, er rejsende, der er gået forud for os på ulykkens stier. De rækker os hånden og inviterer os til at slutte os til deres selskab, når alt andet synes at lade os i stikken. En god bog er en god ven."

"Ak!" udbrød Paul. "Da Virginie var her, behøvede jeg ikke at kunne læse. Hun var lige så lidt belæst som jeg selv, men når hun så på mig og kaldte mig sin ven, var det mig umuligt at føle sorg."

"Der gives virkelig ikke," svarede jeg, "nogen ven så elskelig som en kvinde, der holder af én. Kvinder besidder en let munterhed, der spreder mandens tungsind. Hendes ynde får tankernes mørke spøgelse til at forsvinde. På hendes ansigt læser man en sød tiltrækning og tillid. Hvilken fryd bliver ikke mere levende ved hendes glæde, hvilken vrede kan holde stand mod hendes tårer, på hvilken pande glattes ikke rynkerne ud ved hendes smil? Virginie vil vende tilbage med mere filosofi, end De selv besidder. Hun vil blive meget overrasket ved ikke at finde haven fuldstændig bragt i orden igen, hun, der kun tænkte på at forskønne den, til trods for hendes tantes undertrykkelse, langt fra sin mor og fra Dem."

Tanken om Virginies nær forestående hjemkomst fornyede Pauls mod og førte ham tilbage til hans landlige sysler, lykkelig, som han var, ved midt under sine sorger at kunne sætte sit arbejde et mål, der tiltalte hans lidenskab.

11. kapitel

En morgen ved daggry, det var den 24. december 1744, op-
dagede Paul, da han stod op, at et hvidt flag var hejst på
Montagne des Signaux, hvilket var tegn på, at et skib var i
sigte ude på havet. Han løb ind til byen for at få at vide, om det
bragte nyt fra Virginie og blev der, lige indtil lodsen, der efter
skik og brug havde begivet sig ud på rekognoscering, kom til-
bage til havnen. Lodsen vendte ikke hjem før tidlig om aftenen
og meldte da guvernøren, at det omtalte skib var Saint Géran
med en lasteevne på 700 tons og ført af kaptajn Albinus. Han
kunne fortælle at det var 20 km. ude på åbent hav, og at det,
hvis vinden var gunstig ville kaste anker i Port Louis næste ef-
termiddag, men lige nu var der helt vindstille. Lodsen over-
rakte guvernøren de breve, skibet havde haft med fra Frankrig,
blandt dem et til fru La Tour, skrevet med Virginies hånd. Paul
greb det straks, kyssede det henrykt, puttede det ind på sit
bryst og løb tilbage til hytterne. Aldrig så snart så han familien
på 'Farvelklippen', der afventede hans tilbagekomst, før han
løftede brevet i vejret uden at kunne tale. Straks forsamlede de
sig alle hos fru La Tour for at høre brevet blive læst op.

Virginie fortalte deri sin mor, at hun havde døjet meget ondt af
tanten, at denne havde villet gifte hende bort imod hendes vil-
je, og derefter gjort hende arveløs og endelig sendt hende til-
bage på en tid, der gjorde det umuligt for hende at nå hjem til
Île de France, før den stormfulde årstid indtraf. Tanten havde
forgæves forsøgt at få hende til at skifte mening ved at få hen-
de til at indse, hvad hun skyldte sin mor, og havde kaldt hende
for en vanvittig tøs, hvis hoved var forskruet af romanlæsning.
Virginie var nu kun opfyldt af tanken om at gense og omfavne
sin kære familie og ville have tilfredsstillet dette brændende
ønske endnu samme dag, hvis kaptajnen havde tilladt hende
at gå om bord i lodsbåden, men han havde modsat sig hendes
afgang fra skibet, fordi det var så langt borte fra land, og fordi
der, trods vindstille, var svær sø ude på det dybe vand.
Næppe havde de læst brevet, før de alle glade udbrød: "Vir-
ginie er kommet!" Mødre og tjenestefolk omfavnede hinanden,
og fru La Tour sagde til Paul: "Kære søn, gå hen og lad vor

nabo vide, at Virginie er kommet!" Straks tændte Domingo en fakkel af et stykke harpiksholdigt træ og begav sig med Paul hen til min bolig.

Klokken var vel næsten ti, og jeg havde lige slukket min lampe og lagt mig til at sove, da jeg gennem plankeværkets tremmer omkring min hytte fik øje på et lys i skoven. Kort efter hørte jeg Pauls stemme kalde på mig. Jeg stod op, og var knapt kommet i tøjet, før Paul ude af sig selv, helt åndeløs, faldt mig om halsen og sagde: "Kom, kom, Virginie er her! Lad os gå ned til havnen, skibet kaster anker ved daggry."

Vi begav os straks på vej. Just som vi gik gennem Montagne Longes skove og allerede var på den vej, der fører fra Pamplemousses ned til havnen, hørte jeg en person gå bag ved os. Det var en creoler, der nærmede sig med lange skridt. Da han havde nået os, spurgte jeg ham, hvor han kom fra og hvor han var på vej hen, siden han havde så travlt. Han svarede: "Jeg kommer fra den kant af øen, som de kalder for Poudre d'Or. Jeg er blevet sendt ned til havnen i Port Louis for at lade guvernøren vide, at et fransk skib har lagt sig for anker ved øen Île d'Ambre. Det har afgivet nødsignaler, for søen er hård." Derefter fortsatte manden sin videre vej uden at standse.

Jeg sagde da til Paul: "Lad os fortsætte til Poudre d'Or for at møde Virginie, det er kun omkring 15 km. herfra." Vi fortsatte derefter mod øens nordøstlige del. Det var trykkende hedt, månen var lige stået op, og man så tre lysringe omkring den, men ellers var himmelen frygtindgydende mørk. Man kunne ved skæret af de hyppige lyn skelne lange rækker af tætte, mørke og lave skyer, der kom ude fra havet med stor hastighed og samlede sig hen imod øens midte, skønt man ikke kunne mærke vinden i land. Undervejs mente vi, at vi kunne høre tordenen buldre, men efter at vi opmærksomt havde lyttet, indså vi, at det var ekkoet af kanonskud. Disse fjerne skud i forbindelse med synet af den stormfulde himmel fik mig til at gyse. Jeg var ikke i tvivl om, at det var nødsignaler fra et skib i havsnød. En halv time efter hørte skydningen op, og denne stilhed syntes mig endnu mere skrækindjagende end den uhyggelige larm, der var gået forud.

Vi skyndte os videre uden at sige et eneste ord og uden at vi turde åbenbare vor ængstelse for hinanden. Henad midnat kom vi badede i sved ned til stranden ved Poudre d'Or. Søerne slog ind mod kysten med en forfærdelig larm og dækkede klipper og småsten med et blændende hvidt skum og ildgnister. Trods mørket kunne vi ved dette fosforagtige skær øjne fiskerbådene, der var trukket højt op på stranden.

Lidt borte så vi et bål, hvor flere beboere havde samlet sig. Der gik vi hen for at hvile os, til det blev lyst. En af disse beboere fortalte os, mens vi sad om bålet, at han om eftermiddagen havde set et skib, der af strømmen blev drevet ind imod øen. Mørket havde skjult det for ham, men to timer efter solnedgang havde han hørt det afskyde kanoner for at gøre opmærksom på, at det var i nød. Bølgerne var imidlertid så høje, at det havde været umuligt at sætte en båd ud for at komme det til undsætning. Snart efter mente han at have set dets lanterner blive tændt, og han frygtede for, at skibet efter at være kommet kysten så nær skulle være styret ind mellem land og Île d'Ambre i den overbevisning, at det var indsejlingen til Port Louis. Var det tilfældet, hvad han dog ikke turde påstå, så var skibet i største fare. En anden tog nu ordet og sagde til os, at han flere gange havde sejlet over den rende, der skiller Île d'Ambre fra kysten, og målt vanddybden der. Der var god mulighed for at kaste anker, og skibet lå lige så sikkert der, som var det i havn. Han tilføjede: "Jeg ville sætte hele min formue ind på, at man kunne sove lige så roligt der på skibet, som man kunne på land." En tredie sagde, at det var umuligt, at skibet kunne være kommet ind i sejlrenden, hvor selv et mindre skib ikke kunne sejle, og påstod at han havde set det kaste anker udenfor Île d'Ambre, så at det, om det skulle blæse op til morgen, ville være i stand til enten at søge ud på åben hav eller gå i havn. Mens de således udvekslede deres afvigende meninger, forholdt Paul og jeg os ganske tavse. Vi blev der lige til aggry, men himlen var stadig for mørk til, at man kunne skelne nogen som helst genstand ude på havet, der for øvrigt også var dækket af tåge. Vi kunne kun ude over vandet øjne en mørk plet, som man sagde os var Île d'Ambre, der ligger en lille kilometer fra kysten. I det dunkle lys kunne vi blot se den strandbred, vi sad på, og nogle bjergtoppe i det indre af øen, der fra tid til anden kom til syne blandt de skyer, der drev rundt om dem.

Henad klokken syv om morgenen hørte vi inde fra land lyden af en tromme. Det var guvernøren, der indfandt sig til hest i spidsen for en afdeling af bevæbnede soldater og en mængde nybyggere og slaver. Han stillede soldaterne op på strandbredden og befalede dem at affyre deres våben alle på én gang. Næppe havde de afgivet deres salve, før vi ude på havet så et glimt, der næsten straks efterfulgtes af lyden af et kanonskud. Vi skønnede, at skibet var tæt ved os, og løb alle mod det sted, hvor vi havde observeret signalet. Da fik vi endelig gennem tågen øje på skroget af et stort skib, der var så tæt på os, at vi, trods bølgernes brusen, kunne høre fløjten som en matros brugte til at kommanderede med, og de kunne høre matroserne, da de tre gange råbte: "Kongen leve!" Det er nemlig franskmændenes råb i den yderste fare så vel som under den højeste glæde, som om de i farens stund kaldte deres overhovede til hjælp, eller som om de da ville erklære sig rede til at dø for ham.

Fra det øjeblik, da Saint Géran opdagede, at vi var tæt nok på til at kunne hjælpe, fortsatte det med at affyre kanonen hvert tredie minut. Guvernøren sørgede for at der blev tændt flere bål på strandbredden og sendte bud til alle beboerne i området, at de skulle hente levnedsmidler, brædder, ankertov og tomme tønder. Snart så man en mængde folk ankomme ledsaget af deres slaver og belæssede med mad og tovværk fra Poudre d'Or, Quartier de Flacq og Rivière du Rempart. En af de ældste nybyggere nærmede sig guvernøren og sagde til ham: "Vi har hele natten hørt en hul larm oppe fra bjerget. Inde i landet bevæger bladene sig på træerne, uden at det blæser, og havfuglene søger mod land. Alt det er sikre tegn på, at der er en cyklon, der nærmer sig." "Vel," svarede guvernøren, "vi er forberedte, og det er skibet sikkert også."

Ganske rigtigt varslede alt, at det trak op til en cyklon. De skyer, man øjnede på himlen, var på midten umådelig mørke og i kanten kobberrøde. Luften genlød af fugleskrig, og søsvaler, tropik- og fregatfugle søgte tilflugt på øen.

Omkring klokken ni om formiddagen hørte man ude fra havet en forfærdelig larm, som når vandstrømme blandet med tordenbrag rullede ned fra bjergenes top. Alle råbte: "Nu kommer cyklonen!" og i samme øjeblik fjernede et kraftigt vindstød den tåge, der dækkede Île d'Ambre og sejlrenden ind mod land. Nu var skibet tydeligt at se med dækket fuldt af folk, sejlene rullet op, flaget hejst og forankret med fire tove forude og et agter. Det lå for anker mellem Île d'Ambre og hovedlandet inden for det rev, der omgiver Île de France, et sted hvor aldrig noget større skib før havde befundet sig. Det vendte sin stævn mod søerne, der kom udefra, og ved hver bølge, der skyllede ind i sejlrenden, løftede forstavnen sig op, så hele kølen var i vejret, mens samtidig agterenden ved denne bevægelse dykkede ned og forsvandt, som om den var sat under vand. I denne position, hvor vind og hav kastede det ind mod land, var det lige så umuligt for det at sejle bort ad den vej det var kommet, som det var at kappe ankrene og lade det strande på bredden. Hver sø, der kom og brød mod kysten, skyllede brølende ind i det inderste af bugten og kastede grus og småsten op over land, hvorefter den trak sig tilbage og afdækkede en stor del af bredden, hvis kiselsten den rullede med sig med en skrækkelig rallende lyd. Den kraftige vind fik bølgerne til konstant at vokse i størrelse, og snart var hele sejlrenden mellem Île de France og Île d'Ambre kun et stort hvidt skumtæppe svøbt i mørke, dybe bølger. Inde i bugten samlede dette skumtæppe sig to meter højt, og når vinden fejede hen over det, blev skummet ført fra strandbredden over skråningen og langt ind over land. Når man så de utallige hvide fnug, der blev blæst lige hen til bjergets fod, skulle man have troet, det var snebyger, der kom ind fra havet. Der var alle tegn på, at det skulle blive en langvarig storm, og havet syntes at stå i ét med himlen. Store mørke skyer fór med fugles hastighed hen over himlen, mens andre syntes ubevægelige som store klipper. Man kunne ikke få øje på nogen del af den blå himmel, men kun et olivengult og blegt skær oplyste genstandene på jorden og på havet.

Under skibets vedvarende gyngen indtraf det, man havde frygtet. Ankertovene i forenden brast, og da det nu kun blev holdt fast af en enkelt line, blev det kastet op mod klipperne blot 100 meter fra strandbredden. Vi udstødte alle et smertensskrig og Paul ville lige til at styrte sig ud i havet, da jeg greb ham i armen og sagde til ham: "Kære søn, har De i sinde at slå Dem selv ihjel?" "Ja, lad mig komme hende til undsætning eller lad mig dø," udbrød han. Da fortvivlelsen berøvede ham al fornuft, bandt Domingo og jeg et reb rundt om livet på ham, og holdt fast i den anden ende. Paul nærmede sig nu, snart svømmende, snart krybende hen over revet, til skibet. Undertiden var der håb om, at han skulle kunne gå ombord, for havets bevægelser var så uregelmæssige, at skibet til tider næsten lå på tørt land, så man næsten kunne have gået rundt

Saint Géran i havsnød ud for Île d'Ambre.

om det, men snart efter skyllede søerne med ny voldsomhed op over det og rejste med deres kraft hele forenden af kølen, mens de samtidig kastede den ulykkelige Paul halvt bevidstløs op på strandbredden med blodige ben og forslået bryst. Næppe var den unge mand igen kommet til sig selv, før han atter rejste sig og med ny kraft vendte tilbage ud til skibet, som havet nu begyndte at slå i stykker med sine voldsomme bølger.

Da opgav hele mandskabet alt håb om frelse og styrtede sig massevis i havet, mens de forsøgte at holde sig fast på planker, hønsehuse, borde og tønder. Man så nu et syn, der vakte den største medynk, for på dækket viste der sig en ung pige, som rakte armene ud mod den, der gjorde så mange anstrengelser for at nå hende. Det var Virginie. Hun havde genkendt Paul på hans mod. Synet af den elskelige pige og den frygtelige fare, hun var udsat for, fyldte os med smerte og fortvivlelse. Hvad Viginie angik, så stod hun der med ædel og rank holdning og vinkede til os som for at sige os et evigt farvel.

Alle matroserne var sprunget i havet, der var kun én tilbage på dækket, han var nøgen og muskuløs som Herkules. Han nærmede sig ærbødigt Virginie, og vi så ham kaste sig på knæ for hende og endog gøre alt for at tage klæderne af hende, men hun stødte ham fra sig med værdighed og vendte øjnene bort. Straks efter hørte man tilskuerne gentagne gange råbe: "Frels hende, frels hende, forlad hende ikke!" men i samme øjeblik væltede et bølgebjerg sig ind imellem Île d'Ambre og kysten og nærmede sig brølende skibet, som det truede med sine sorte vandmasser og hvide skumtæppe. Ved dette forfærdelige syn sprang matrosen i havet, og Virginie så den uundgåelige død i øjnene. Hun lagde den ene hånd på sine klæder, den anden på sit hjerte, og med de klare øjne vendt opad stod hun der som en engel, der flyver mod himlen.

Oh, hvilken rædselsfuld dag! Ak! alt blev opslugt af havet. En del af tilskuerne, forsøgte tilskyndet af medlidenhed, at komme ud til Virginie, for at prøve at redde hende, men de blev slået tilbage og slynget langt op på land sammen med den matros, der ville have svømmet bort fra skibet med hende. Han kastede sig, glad over at være undsluppet den visse død, ned på knæ på sandet med ordene: "Oh, Gud, du har frelst mit liv, men jeg ville gerne have ofret det for denne ærbare unge pige,

Virgenie på Saint Géran.

der ikke på nogen måde ville klæde sig af ligesom jeg gjorde."
Domingo og jeg trak Paul bevidstløs op af vandet, blodet flød
ham ud af mund og ører. Guvernøren fik en læge til at tilse
ham, mens vi andre ledte langs strandkanten, om havet skulle
have skyllet Virginies legeme op på stranden, men vindret-
ningen havde pludselig ændret sig, som det så ofte hænder
under cykloner, og vi måtte med sorg erkende, at det ikke

engang ville blive os forundt at vise den ulykkelige pige den sidste ære. Vi gik fortvivlede bort fra stedet, men skønt der ved dette skibbrud var omkommet en stor mængde mennesker, var vi dog kun optaget af tanken om Virginies død. At se en så dydig pige omkomme på en så uhyggelig måde, fik os til at tvivle på, om der fandtes en højere magt, for der sker ulykker så forfærdelige og ufortjente, at selv den lærdes håb rystes i sin grundvold.

Paul var blevet bragt til et hus i nærheden, og begyndte så småt at komme til sig selv igen. Jeg vendte med Domingo tilbage for at berette Virginies mor og hendes veninde om den ulykkelige begivenhed. Da vi havde nået Rivière des Latanier, fortalte nogle slaver os, at havet havde kastet en mængde vraggods ind i bugten. Vi gik derud, og noget af det første, vi fik øje på, var Virginies lig. Hun lå på strandbredden, halvt tildækket med sand i samme stilling som den, hvori vi havde set hende dø. Hendes ansigt var ikke markant forandret, og hendes øjne var lukkede. Ansigtet havde stadig sit klare, rolige udtryk, kun dødens blege violer blandede sig med blufærdighedens roser på hendes kinder.

Den ene af hendes hænder lå på hendes klæder, den anden, som hun trykkede til sit hjerte, var fast tillukket og stiv. Det lykkedes mig med noget besvær at frigøre en lille æske, som hun holdt fast på, og stor var min overraskelse, da jeg i den så Pauls billede, som hun havde lovet ham aldrig at skille sig af med, så længe hun var i live. Dette sidste tegn på den ulykkelige piges trofaste kærlighed fik mig til at græde bitre tårer. Domingo slog sig for brystet og udstødte et hjerteskærende smertensskrig. Vi bar Virginies lig ind i en fiskerhytte hos nogle fattige indiske kvinder, der tog det i deres varetægt og omhyggeligt vaskede det.

Mens de syslede med dette sørgelige hverv, gik vi rystende og bævende op til moderens bolig, hvor vi fandt fru La Tour og Marguerite i bøn ventende på efterretninger om skibet. Så snart fru La Tour fik øje på mig, udbrød hun: "Hvor er min datter, min kære datter, mit barn!" Da min tavshed og mine tå-

Slaven Dominique og fortælleren finder Virgenies lig skyllet i land på stranden ved Rivière des Lataniers udløb.

rer ikke tillod hende at tvivle på det skete, blev hun pludselig grebet af en smertelig angst, der var nær ved at tage vejret fra hende, så hun blot kunne sukke og hulke uden at få et ord frem. Marguerite udbrød: "Hvor er min søn? Jeg ser ham ikke," og hun besvimede. Vi skyndte os hen til hende for at prøve at få hende til at komme til sig selv igen, og jeg beroligede hende med forsikringen om, at Paul var i live, og at guvernøren tog sig af ham. Hun kom da atter til besindelse og hjalp sin veninde, der endnu af og til fik langvarige anfald af hjælpeløshed og tilbragte hele natten i gruelige lidelser. Jeg forstod da, at ingen smerte kan sammenlignes med en mors. Hver gang hun på ny kom til bevidsthed, vendte hun sine stive, mørke blikke mod himlen. Forgæves trykkede Marguerite og jeg hendes hænder i vore, forgæves kaldte vi hende ved de ømmeste navne, men hun syntes ufølsom for disse vidnesbyrd om vor tidligere hengivenhed, og der udgik fra hendes beklemte bryst kun svage klagelyde.

Allerede næste morgen blev Paul bragt hjem i en bærestol. Han var kommet til bevidsthed, men kunne ikke få et ord frem. Hans møde med moderen og fru La Tour, som jeg i første omgang havde frygtet, havde en bedre virkning end al den omsorg, jeg hidtil havde kunnet vise ham. Disse to ulykkelige mødre prøvede nu at trøste Paul og de satte sig begge ned hos ham, og deres tårer, som den overvældende sorg hidtil havde standset, begyndte atter at rinde. Snart blandedes Pauls gråd med deres, og da naturen således havde skaffet dem lindring, fulgte der hos alle de tre ulykkelige mennesker en langvarig sløvhed efter den krampagtige smerte, og de fik en hvile, der næsten mindede om dødens ro.

12. kapitel

Guvernøren sendte mig hemmeligt bud om, at Virginies lig efter hans befaling var blevet bragt til Port Louis, og at man agtede derfra at føre det til kirken i Pamplemousses. Jeg begav mig straks ned til Port Louis, hvor jeg traf beboere fra alle kanter af øen, der var samledes for at overvære hendes begravelse, som om øen i hende havde mistet det kæreste, den ejede og havde. I havnen lå skibene med flagene hejst og affyrede med jævne mellemrum kanonskud. En afdeling soldater gik i spidsen for ligfølget med sænkede våben og blomstersmykkede trommer, hvorpå der kun blev slået enkelte lette slag. Sørgmodighed stod præget i trækkene på disse soldater, der så ofte havde trodset døden på slagmarken uden så meget som at blinke. Otte unge piger af de mest ansete familier på øen bar, klædt i hvidt og med palmegrene i hænderne, deres dydige søsters, med blomster tildækkede, lig til graven. De blev fulgt af et kor af småbørn, der sang salmer, og næst efter dem kom øens fornemste beboere og guvernøren i spidsen for befolkningen.

Disse foranstaltninger havde regeringen truffet for at vise Virginie den sidste ære, men da hendes lig var kommet til foden af dette bjerg, og man havde fået de to hytter i sigte, hvor hun så længe havde levet lykkeligt, og som hendes død havde fyldt med fortvivlelse, kom der uorden i ligtogets geledder. Salmesangen forstummede, og man hørte nu kun suk og hulken, og skarer af unge piger kom rendende fra de omliggende boliger for at røre ved Virginies kiste med lommetørklæder, rosenkranse og blomster, idet de påkaldte hende som en helgen. Mødrene bad til Gud om en datter som hende, de unge mænd om lige så trofast en kæreste, de fattige om lige så kærlig en veninde, og slaverne om et lige så mildt herskab.

Da ligtoget var ankommet til hendes sidste hvilested, lagde slavinder fra Madagaskar og slaver fra Mocambique kurve med frugter ned omkring hende og hængte, efter landets skik, stykker af tøj op i de nærmeste træer. Indiske kvinder fra Bengalen og Sydindien bragte bure med fugle, som de slap løs over hendes lig. Tabet af et elsket menneske vækker stor deltagelse hos alle folkeslag, og så stor er den ulykkelige dyds magt, at den samler alle gudsdyrkere uden hensyn til religion omkring sin grav. Der måtte sættes vagt omkring graven, og man blev nødt til at fjerne nogle fattige nybyggeres døtre, der for enhver pris ville styrte sig ned i den, fordi de sagde, at de ikke længere havde nogen trøst at forvente her i verden, og at der nu ikke var andet for dem at gøre end at dø sammen med Virginie, der alle dage havde været deres eneste velgørerinde.

Virginie blev begravet på den vestlige side af kirken i Pamplemousses, ved foden af en gruppe bambustræer, hvor hun plejede at hvile sig, når hun sammen med sin mor og Marguerite gik til messe der om søndagen.

Da guvernøren kom hjem fra begravelsen, gik han med en del af sit talrige følge op for at tilbyde fru La Tour og hendes veninde al den hjælp, det stod i hans magt at yde. Han udtalte sig med få ord, men med harme, om hendes tantes usædvanlige hårdhed og gik hen til Paul for at trøste ham så godt han kunne. "Gud er mit vidne," sagde han, "at jeg ønskede at gøre Dem og Deres familie lykkelige. De bør rejse til Frankrig, min ven, jeg skal skaffe Dem en ansættelse der. Mens De er borte, skal jeg sørge for Deres mor, som om hun var min egen." Samtidig rakte han ham hånden, men Paul trak sin tilbage og vendte hovedet bort for ikke at se guvernøren i øjnene.

Jeg for mit vedkommende blev i mine ulykkelige veninders bolig for at yde dem, så vel som Paul, al den hjælp, jeg var i stand til. Efter tre ugers forløb kunne Paul atter gå, men hans sorg voksede, efterhånden som hans legeme kom til kræfter. Han var ligegyldig over for alt, hans blik var udslukt, og han svarede ikke på de spørgsmål, man stillede ham. Fru La Tour, der ikke havde langt igen, sagde ofte til ham: "Kære søn, så længe jeg ser dig, er det mig, som om jeg ser min elskede Virginie." Dette navn forskrækkede ham, og han gik bort fra hende trods hans mors opfordringer om at blive hos hendes veninde. Han gik ene ud og satte sig nede i haven ved foden af Virginies kokospalme med øjnene fæstede på hendes kilde.

Guvernørens læge, der med største omhu havde taget sig af ham så vel som af de to kvinder, sagde at vi, for at få ham ud af hans mørke tungsind, skulle lade ham gøre, hvad han havde lyst til, uden i mindste måde at gøre ham fortræd, og at det var det eneste middel til at overvinde den tavshed, han så hårdnakket vedblev at iagttage.

Jeg besluttede at følge dette råd, og så snart Paul følte sine kræfter nogenlunde genoprettet, var det første han gjorde at forlade hytten. For ikke at tabe ham af syne, begav jeg mig på vandring efter ham og sagde til Domingo, at han skulle tage levnedsmidler med og følge med os. Efterhånden som den unge mand kom ned ad bjerget, syntes hans glæde ved livet at genfødes. Han tog først vejen hen til Pamplemousses, og da han ad bambusstierne var kommet hen til kirken, gik han lige hen til det sted, hvor han så den friske grav, knælede ned,

Paul beder ved Virgenies grav i Pamplemousses.

vendte øjnene mod himlen og fremsagde en lang bøn. Hans adfærd syntes mig at varsle godt for en mand af hans fornuft, eftersom dette vidnesbyrd om tillid til den højeste magt viste, at hans sjæl igen begyndte at passe sine naturlige gøremål. Domingo og jeg kastede os ligeledes på knæ og bad ligesom han. Derefter rejste Paul sig og tog vejen mod den nordlige del af øen uden at give synderlig agt på os. Da jeg vidste, at han både var uvidende om, hvor Virginies lig var blevet stedt til hvile, og endog om, at hun var blevet fundet skyllet op på strandbredden, spurgte jeg ham, hvorfor han havde bedt til Gud netop ved foden af disse bambustræer, og han svarede: "Jo, der var vi så tit sammen."

Han fortsatte sin vej hen til hvor skoven begyndte, og her blev vi overrumplede af mørket. Jeg foreslog nu, at han ligesom vi, skulle spise noget, hvorefter vi lagde os til at sove i græsset ved foden af et træ. Næste morgen bildte jeg mig ind, at han ville overveje at vende hjem igen. Han stirrede ganske rigtigt i nogen tid mod hjemmet og gjorde nogle bevægelser, som om han ville vende tilbage, men på en gang gik han så ind i skoven og fortsatte mod nord. Jeg gennemskuede hans hensigt, men måtte forgæves erkende, at jeg ikke kunne forhindre ham i sit forehavende. Vi nåede midt på dagen til Poudre d'Or, hvor han hastigt gik ned til strandbredden lige ud for det sted, hvor Saint Géran var forlist. Ved synet af Île d'Ambre og sejlrenden, hvis vand var spejlblankt, udbrød han: "Virginie, oh, min kære Virginie!" og mistede bevidstheden. Domingo og jeg bar ham ind i det indre af skoven, hvor vi havde stort besvær med at få ham til at komme til sig selv igen.

Så snart han atter var kommet til besindelse, ville han vende tilbage til strandbredden, men vi bad ham så inderligt om ikke på ny at kalde hans egen og vor smerte til live med disse grue-lige minder, og han tog da en anden retning. Kort sagt, i otte dage vedblev han at begive sig hen til alle de steder, hvor han havde været sammen med sin barndoms søster. Han gik ad den sti, som hun havde betrådt, da hun havde været henne at bede om nåde for slavinden fra Rivière Noire, han genså der-næst floden ved Trois Mamelles, hvor hun havde sat sig ned, da hun ikke længere var i stand til at gå, og den del af skoven, hvor hun var faret vild. Han kom til at græde ved synet af alle de steder, der mindede ham om hans elskede Virginies ængstelser, lege, måltider og velgørenhed. Rivière de la Montagne, mit lille hus, vandfaldet der i nærheden, det papayatræ, hun havde plantet, den grønsvær, hun yndede at træde på og de korsveje i skoven, hvor hun plejede at synge. Det samme ekko, der så ofte havde genlydt af fælles glædesråb, gentog nu kun disse sørgelige ord: "Virginie, elskede Virginie!"

Under dette vilde, omflakkende liv begyndte hans helbred at forværres. I den overbevisning, at følelsen af éns ulykke vokser med mindet om éns glæder, og at lidenskaber tager til i ensomhed, besluttede jeg at få min ulykkelige, unge ven bort fra de steder, der i hans sjæl vakte erindringen om hans tab, og at føre ham hen til et eller andet sted på øen, hvor der var mere adspredelse for ham. Jeg tog ham derfor op på de beboede højsletter af den del af øen, der kaldes Plaines Vilhems, hvor han aldrig før havde været, og hvor agerdyrkning og handel spredte liv og afveksling. Der var flokke af tømrere, der huggede træ, mens andre savede det til planker. Vognene kørte frem og tilbage langs vejene, store kvæghjorde og hesteflokke græssede på de vidtstrakte marker, og sletten var oversået med huse. Den høje beliggenhed gjorde det på flere steder muligt at dyrke adskillige europæiske vækster. Hist og her så man frodige kornmarker, og smukke rosenhække langs vejene. Den kølige luft var beroligende for nerverne og gavnlig for europæernes sundhed. Fra disse højsletter, der lå på øens vestlige del omgivet af store skove, kunne man hverken se havet, Port Louis eller kirken i Pamplemousses eller noget som helst andet, der kunne minde Paul om Virginie. Selv bjergene, der strækker sig hen mod Port Louis, er i retning mod Vilhemssletterne kun et langt, lodret forbjerg i lige linie, hvorfra der hæver sig flere pyramideformede klipper, om hvilke skyerne samler sig.

Til disse sletter førte jeg altså Paul hen. Jeg prøvede hele tiden at fastholde hans opmærksomhed, var sammen med ham dag og nat, i solskin og regn, førte ham med vilje vild i skovene og på markerne, for at adsprede hans ånd ved at trætte hans legeme og narre hans tanker ved at holde ham i uvidenhed om det sted, hvor vi var, og den vej, ad hvilken vi var gået fejl. En elsker finder dog altid tilbage til sporene af sin elskede. Hverken dag eller nat, hverken vildmarkens stilhed eller larmen fra de menneskelige boliger, selv ikke tiden, der fjerner så mange minder, kunne rive ham bort. Det går med hans sjæl som med en magnetnål, selv om den er i bevægelse, vender den sig, så snart den kommer i ro, mod den pol, der drager den. Når jeg spurgte Paul, efter at vi var faret vild midt ude på Plaine Vilhems sletter: "Hvor skal vi nu gå hen?" vendte han sig altid mod nord og sagde til mig: "Der ligger vore bjerge, lad os vende tilbage til dem."

Jeg indså snart, at alt jeg forsøgte for at adsprede ham, var forgæves, og at jeg ikke havde anden udvej tilbage end at angribe hans lidenskab ved selve dens rod og dertil anvende alle mine svage begrundelser for logik og fornuft. Jeg svarede ham altså: "Ja, der ligger de bjerge, hvor Deres elskede Virginie boede, og her er det billede, De gav hende, og som hun i sin død bar ved sit hjerte," og jeg rakte ham det lille billede, han i sin tid havde givet Virginie ved bredden af kilden under kokospalmerne. Ved dette syn oplystes hans ansigt af en umådelig glæde. Han greb begærligt billedet med sine svage hænder og førte det til sin mund, og han følte en kraftig smerte i sit bryst, og i hans halvt blodige øjne standsede tårerne.

Jeg sagde da til ham: "Kære søn, hør på mig, mig, der er Deres ven og også har været Virginies ven og ofte midt under Deres forhåbninger har prøvet på at styrke Deres fornuft mod livets uforudsete tilfældigheder! Hvad er det, De med så megen bitterhed begræder? Er det Deres egen, eller er det Virginies ulykke? Deres ulykke er visselig stor. De har mistet den elskeligste pige, der ville være blevet Dem den bedste hustru. Hun havde ofret hensynet til sin egen velfærd for hensynet til Dem og havde, frem for en stor formue, foretrukket Dem som den eneste belønning, der var hendes dyd værdig. Dog hvor ved De, om ikke den person, af hvem De ventede en så ren lykke, kunne være blevet Dem en kilde til uendelige sorger? Hun ejede intet, hun var gjort arveløs, og De havde fremover kun Deres eget arbejde at dele med hende. Efter at hun var vendt hjem mere sart og sårbar på grund af den opdragelse, hun havde modtaget i Frankrig, men mere modig på grund af selve sin ulykke, ville De daglig have set hende bukke under, mens hun søgte at dele deres besværligheder. Selv om hun havde født Dem børn, ville hendes og Deres udfordringer være taget til i kraft på grund af det vanskelige i både at skulle passe gamle forældre og opfostre en opvoksende slægt. De vil måske indvende, at guvernøren ville have hjulpet Dem, men hvor kunne De være sikker på, at der i en koloni, der så tit skifter sine embedsmænd ud, også fremover ville findes mænd som Labourdonnais, og om der ikke kunne komme uanstændige og samvittighedsløse regenter, som Deres hustru ville have været nødt til at indynde sig hos for at opnå en smule hjælp? Enten ville hun have været svag, og De ville da have været at beklage, eller hun ville have været dydig, og De ville være vedblevet med at være fattig, lykkelig måske, hvis De ikke, på grund af hendes godhed og dyd, ville være blevet forfulgt af selve dem, hvis beskyttelse De håbede på.

De vil måske sige, at De stadig ville have haft den lykke, der ikke afhænger af rigdom, ved at beskytte en elsket person, som netop knytter sig til Dem, fordi hun føler sig svag, og at trøste hende med Deres egen bekymring, gøre hende glad med Deres bedrøvelse og styrke jeres kærlighed gennem de sorger, I deler.

Sikkert nyder dyd og elskov disse bitre glæder, men hun er jo ikke længere, og De har nu dem tilbage, hun næst efter Dem holdt mest af, hendes egen og Deres mor, som denne utrøstelige sorg vil føre i graven. Brug Deres lykke til at hjælpe dem, ligesom Virginie selv ville have brugt sin. Kære søn, godgørenhed er dydens lykke, den største og sikreste, der findes her på jorden. Planer om glæde, hvile, fryd, rigdom og berømmelse passer ikke til mennesket, som er svag og skrøbelig. Se, hvorledes en stræben mod lykke har styrtet os alle fra afgrund til afgrund. Vel havde De modsat Dem hendes rejse, men hvem kunne have vidst, at det skulle ende på denne måde for hende og for Dem? En rig, aldrende slægtnings indbydelse, en klog guvernørs råd, et nybyggersamfunds samtykke, en præsts opfordringer og myndighed har været afgørende for Virginies ulykke. Således går vi mennesker vor undergang i møde, bedraget af selve den forsigtighed, der styrer vore anliggender. Det havde sikkert været bedre at lade være at tro dem og ikke stole på en bedragerisk verdens stemmer og for-håbninger, men af alle de mennesker, der er beskæftigede på disse sletter, og af alle dem, der drager ud for at søge lykken i Indien, eller dem, der uden at forlade deres hjem i Europa i fred nyder udbyttet af disses arbejde, er der ikke en eneste, der ikke er bestemt til en gang at miste det, som han elsker højest, storhed, formue, hustru, børn eller venner. De fleste vil til deres tab føje mindet om deres egen uklogskab. De deri-mod, når De tænker tilbage på Dem selv, så har De ikke noget at bebrejde Dem selv, fordi De altid har været trofast. De har i Deres blomstrende unge alder været klog som en vismand og ikke svigtet Deres naturlige følelser. Deres planer var alene derfor berettigede, fordi de var rene, enkle, og uegennyttige, og fordi De havde guddommelige rettigheder over Virginie, som ingen formue kunne opveje. De har mistet hende, men det er hverken Deres uforsigtighed, Deres gerrighed eller De-res falske klogskab, der har været skyld i det faktum. De har mistet hende, men det er Gud selv, der har anvendt andres lidenskaber til at berøve Dem genstanden for Deres kærlig-hed. Gud, af hvem De har fået alt, hvad De ejer, Gud der ser alt, hvad der er Dem til gavn, og hvis visdom ikke giver Dem nogen grund til anger og fortvivlelse og som vandrer i følge med de ulykker, man selv har været skyld i.

De kan i Deres ulykke sige, at De ikke har fortjent den! Er det da Virginies skæbne, hendes ulykkelige endeligt, hendes nu-værende tilstand, De begræder? Hun har jo kun fået den skæbne, der er forbeholdt fornem herkomst, skønhed, ja selv store riger. Mennesket med alle dets planer, rejser sig som et lille tårn, hvis top er døden. Ved sin fødsel var hun allerede dømt til at dø, og hun kan kun prise sig lykkelig for, at hun havde frigjort sig fra alle livets bånd før sin mor, før Deres mor, før Dem, det vil sige, at hun ikke døde flere gange før den endelige. Døden, kære søn, er et gode for alle mennesker, den er natten efter den urolige dag, man kalder livet. I dødens søvn finder alle de sygdomme, smerter, sorger og al den frygt, der uophørligt gør de stakkels levende mennesker bange, for evigt hvile. Betragt nøjere de mennesker, der synes lykkeligst, og De skal se, at de har købt deres lykke meget dyrt. Offentlig anerkendelse med dagligdagens bekymringer, rigdom med tab af sundhed, den sjældne glæde ved at blive elsket med vedvarende ofre, og ofte, ved livets ende, efter at have ofret sig for andres interesser, møder man kun falske venner og utaknemmelige slægtninge omkring sig. Virginie derimod var lykkelig helt til sit sidste åndedrag.

Hun var det, mens hun var sammen med os, ved naturens goder, og da hun var langt borte fra os, i kraft af sin dyd. Selv i det rædsomme øjeblik, da vi så hende omkomme, var hun endnu lykkelig, for hvad enten hun kastede sine øjne på hele den menneskemængde, som hun voldte en almindelig fortvivlelse, eller på Dem, der med så stor uforfærdethed prøvede at hjælpe hende, så indså hun, hvor dyrebar hun var for os alle. Hun styrkede sig mod fremtiden ved mindet om sit uskyldige liv og fik da den belønning, som himlen har forbeholdt dyden, et mod, der er faren overlegent. Hun mødte døden med et klart åsyn.

Kære søn, Gud giver dyden alle livets begivenheder at bære for at vise, at den alene kan bruge dem og deri finde lykke og ære. Når han tilskriver den så stor betydning, hæver han den op på en piedestal og konfronterer den med døden. Da tjener dens mod som mønster, og mindet om dens ulykker modtager et evigt bidrag af efterslægtens tårer. Det er det udødelige mindesmærke, der rejses den på en jord, hvor alting forgår, og hvor selve mindet om de fleste konger snart begraves i evig glemsel, men Virginie lever endnu. Se, hvorledes alt forandres her på jorden, men intet går helt til grunde. Ingen menneskelig kunst kan tilintetgøre den ringeste del af substansen, skulle da det, der var fornuftigt, følsomt, kærligt, dydigt og gudfrygtigt, være forsvundet, når de bestanddele, det indeholdt, ikke kan ødelægges? Oh, hvis Virginie har været lykkelig, mens hun var sammen med os, så er hun det nu i langt højere grad. Der findes en Gud, det forkynder hele naturen, og det behøver jeg ikke at bevise for Dem. Det er kun menneskenes ondskab, der får Dem til at nægte en retfærdighed, som De frygter. Gud er i Deres hjerte, ligesom De har hans værk for øje. Kan De da tro, at han ikke vil belønne Virginie? Kan De da tro, at den samme magt, der havde iklædt denne så ædle sjæl en så skøn form, hvori De følte en guddommelig kunst, ikke også kunne drage hende op af bølgerne? At den, der har skabt menneskenes nuværende lykke ved love, som De ikke kender, ikke skulle kunne berede Virginie en anden lykke ved love, der ligeledes er Dem ukendte? Den gang, da vi var uvidende børn, ville vi da, om vi havde været i stand til at tænke, have kunnet gøre os en forestilling om vor tilværelse?, og nu, da vi befinder os i denne dunkle og flygtige tilværelse, kan vi da forudse, hvad der ligger hinsides døden, og ad hvilken **v**ej, vi skal føres ud af den? Har Gud virkelig brug for vores lille planet som skueplads for sin visdom og godhed ligesom mennesket, og kan han kun formere menneskelivet på dødens marker? Der gives ikke i verdenshavet en eneste vanddråbe, der ikke er fuld af levende væsener, der hører under os, skulle der da intet findes for os blandt de mange stjerner, der drejer rundt over vore hoveder?

Tanken om, at den højeste visdom og guddommelige godhed kun eksisterer her, hvor vi er, mens resten af universet er tomt og blot et stort intet, er både fascinerende og tankevækkende. Det minder mig om menneskets søgen efter mening og forbindelse i et uendelig og tilsyneladende tomt univers.

Hvis vi, der ikke har givet os selv eksistensen, tør sætte grænser for den magt, der har givet os alt, kan vi da antage, at vi her befinder os ved udkanten af dens rige, hvor livet kæmper mod døden og uskyld står over for magtsyge?
Der findes sikkert et sted, hvor dyden får sin løn. Virginie er nu lykkelig, og hvis hun deroppe blandt englene kunne tale til Dem, så ville hun sige, ligesom da hun tog afsked med Dem: "Oh, Paul, livet er kun en prøve, og jeg er blevet fundet trofast mod naturens, kærlighedens og dydens love. Jeg rejste over havet for at adlyde mine slægtninge, jeg har givet afkald på rigdom for at bevare min tro, og jeg ville hellere miste livet end

krænke min blufærdighed. Himlen har fundet, at min livsbane nu er fuldført. Jeg har for stedse undgået fattigdom, bagtalelse, storme og synet af andres smerte. Ingen af de ulykker, der forskrækker menneskene, vil for fremtiden kunne ramme mig, og dog beklager I mig. Jeg er ren og uforanderlig som et lysglimt, og dog kalder I mig tilbage til livets mørke! Oh, Paul, min ven, kan du mindes de lykkelige dage, da vi allerede fra morgenstunden nød den himmelske glæde, der stod op med solen over klippernes toppe og spredte dens stråler over skoven? Vi følte en glæde, som vi ikke helt kunne forklare. I vores uskyldige ønsker stræbte vi efter at bruge alle vores sanser, at nyde morgenhimlens farver, at indånde duften af vores planter, at lytte til fuglenes sang og at lade vores hjerter værdsætte disse gaver."

"Nu, da jeg sidder ved skønhedens kilde, hvorfra alt udflyder af nyttigt for jorden, nu ser, smager, hører og berører min sjæl umiddelbart, hvad den da kun kunne mærke gennem svage sanseredskaber. Oh, hvilket sprog ville kunne beskrive denne evige morgenrødes bredder, som jeg nu for stedse bebor? Alt, hvad en uendelig magt og himmelsk godhed har skabt for at trøste et ulykkeligt væsen, alt, hvad venskabet mellem utallige væsener, der alle deler den samme lykke, kan skabe af fælles glæde, det oplever vi fuldt ud. Udhold derfor den prøve, du er sat på, for at forøge Virginies lykke ved en kærlighed, der ikke længere vil have nogen grænse og et ægteskab, som aldrig mere kan ophæves. Her oppe skal jeg stille din længsel, her skal jeg aftørre dine tårer. Oh, min ven, min unge brudgom, hæv din sjæl mod det uendelige for at bære et kort øjebliks sorg!"

Min egen sindsbevægelse gjorde en ende på min tale. Paul så på mig med et stift blik og udbrød: "Hun er ikke mere, hun er ikke mere!" Med disse ord fulgte en længerevarende nedtrykthed, og da han endelig igen kom til sig selv, sagde han: "Siden døden er et gode, og Virginie er lykkelig, så vil jeg også dø for igen at være sammen med Virginie." Således tjente mine trøstende ord kun til at nære hans fortvivlelse, og jeg var som en mand, der ville frelse en ven, som er ved at synke til bunds midt ude i en flod uden at ville svømme. Smerten havde bragt ham til at synke. Ak! Barndommens ulykker forbereder et menneske på at træde ind i livet, men Paul havde aldrig prøvet sådanne.

Jeg førte ham tilbage til hans bolig og fandt der fru La Tour og Marguerite endnu mere svækkelige end før. Marguerite var mest nedslået. De livlige sjæle, på hvem små sorger preller af, kan dårligt modstå de store smerter. Hun sagde til mig: "Kære nabo, jeg syntes at jeg i nat så Virginie hvidklædt i en yndig have. Virginie sagde til mig: Jeg nyder en misundelsesværdig lykke! Derefter nærmede hun sig smilende Paul og bortførte ham. Da jeg forsøgte at holde min søn tilbage, følte jeg, at jeg selv forlod jorden og fulgte ham med usigelig glæde. Da ville jeg tage afsked med min veninde, men så hende straks følge efter os sammen med Marie og Domingo. Dog allermest besynderligt er, at fru La Tour netop i nat har haft en tilsvarende drøm." Jeg svarede hende: "Min veninde, jeg tror, at intet hænder i denne verden uden Guds samtykke. Drømme bebuder af og til sandheden."

Fru La Tour fortalte mig nu om en ganske lignende drøm, som hun havde haft samme nat. Jeg havde aldrig hos de to kvinder bemærket nogen hang til overtro, og jeg blev derfor overrasket over denne overensstemmelse mellem deres drømme, og i mit stille sind tvivlede jeg ikke på, at de en dag skulle blive til virkelighed. Den anskuelse, at sandheden undertiden åbenbarer sig for en i søvne, er udbredt hos alle jordens folkeslag. Oldtidens største mænd har troet derpå, blandt andre Alexander, Cæsar, scipionerne, de to Cato'er og Brutus, der alle bestemt ikke var svage ånder. Det gamle og det nye testamente beretter om mange tilfælde af drømme, der er gået i opfyldelse. Jeg behøver i så hensende kun min egen erfaring, jeg har ofte mærket, at drømme er advarsler, der gives os af en, som vort vel ligger på sinde. Hvis man nu velbegrundet vil prøve at bekæmpe eller forsvare ting, der overgår den menneskelige viden, så er dette ikke muligt.

Hvis menneskets fornuft kun er et billede af Guds fornuft, og mennesket kan kommunikere sine tanker til den anden side af jorden gennem skjulte og hemmelige midler, hvorfor skulle den intelligens, der styrer verden, så ikke kunne bruge sine midler til det samme formål? En ven trøster en anden med et brev, der rejser gennem mange lande og overvinder folkeslags fjendskab og bringer glæde og håb til én person. Hvorfor skulle uskyldens højeste beskytter så ikke kunne hjælpe en dydig sjæl, der kun stoler på ham, gennem en hemmelig vej? Behøver han bruge noget ydre tegn for at udføre sin vilje, han, der konstant arbejder gennem en indre proces i alle sine skabninger? Hvorfor skulle man tvivle på drømme? Er livet med sine mange flygtige og tomme planer ikke blot en drøm?

Det får nu dermed være, som det være vil, nok er det, at mine ulykkelige venners drømme snart gik i opfyldelse. Paul døde to måneder efter hans kære Virginie, hvis navn han stadig havde på læberne. Marguerite så sit endeligt indtræffe otte dage efter sønnens med en fryd, som det kun er givet dyden at føle. Hun sagde fru La Tour det kærligste farvel. "I håb om et sødt og evigt samvær," sagde hun og tilføjede: "Døden er det højeste af alle goder, den bør man tragte efter. Hvis livet er en straf, bør man ønske dets ophør, og hvis det er en prøve, bør man bede om, at den må blive kort."

Guvernøren drog omsorg for Domingo og Marie, der ikke længere var i stand til at tjene og kun kort tid overlevede deres herskab. Hvad den sølle Fidèle angik, så blev den svækket af længsel og døde omtrent på samme tid som sin herre.

Fru La Tour bragte jeg med hjem til min hytte. Hun udviste under disse store tab en utrolig ædelhed. Hun havde trøstet Paul og Marguerite lige til det sidste, som om hun ikke havde haft andet end deres ulykke at overkomme. Da hun ikke længere så dem, talte hun hver dag til mig om dem som kære venner, der boede i nabolaget. Dog overlevede hun dem kun en måned. Med hensyn til hendes moster, så var det så langt fra, at hun ville bebrejde hende sine ulykker. Tværtimod bad hun Gud tilgive hende og dæmpe den dårlige sindstilstand, som vi erfarede, hun var blevet grebet af, umiddelbart efter at hun så umenneskeligt havde sendt Virginie bort.

Denne slægtning bar dog ikke længe straffen for sin hårdhed. Jeg erfarede, efterhånden som der ankom skibe, at hun led af hysteriske anfald, der gjorde livet utåleligt for hende. Snart bebrejdede hun sig sin yndige nieces for tidlige død og også hendes mors bortgang kort efter, snart følte hun sig stolt over, at hun havde stødt bort to elendige kvinder, der efter hendes mening havde vanæret familien ved deres lave tilbøjeligheder. Af og til blev hun rasende ved synet af de mange fattige, Paris var fuld af, og udbrød: "Hvorfor sender man ikke disse sløve og dovne mennesker ud til vore kolonier, så kan de passe sig selv og dø der?" Hun mente endvidere, at de tanker om menneskekærlighed, dyd og religion, som hyldes af alle folkeslag, kun var opfundet af deres fyrster af politiske årsager. Så gik hun pludselig til den modsatte yderlighed og hengav sig til overtroisk rædsel, der fyldte hende med dødelig angst. Hun ville så sende bud efter nogle rige munke, for hvem hun plejede at skrifte, og give dem rigelige almisser og bønfalde dem om at stille Vorherre tilfreds og modtage hendes formue som offer, som om de rigdomme, hun havde nægtet at give de ulykkelige, kunne være menneskenes fader velbehagelige. Ofte viste hendes indbildningskraft hende brændende sletter og glødende bjerge, hvor hæslige spøgelser flakkede om og kaldte på hende med høje skrig. Hun kastede sig ned for sine skriftefædres fødder og fandt på pinsler og kvaler mod sig selv. Således tilbragte hun flere år afvekslende i ugudelighed og overtro, lige rædselsslagen overfor døden og livet, men det, der sluttelig gjorde en ende på hendes sørgelige tilværelse, blev netop den samme grund, for hvilken hun selv havde ofret de naturlige følelser. Hun fik den ærgrelse at se, at hendes formue efter hendes død overgik til nogle slægtninge, som hun hadede. Hun prøvede derfor på at afhænde den største del formuen, men arvingerne benyttede hendes hysteri som påskud til at lade hende spærre inde og erklære hende for umyndig. Således blev hendes rigdomme årsag til hendes ulykke, og ligesom de havde gjort ejermandens hjerte hårdt og følelsesløst, således gjorde de også hjerterne på dem, der attråede formuen. Hun døde endelig og, som for at fuldstændiggøre hendes ulykke, med tilstrækkelig brug af fornuften til at erkende, at hun var blevet udplyndret og ringeagtet af de samme mennesker, hvis anskuelser hele hendes liv igennem havde tjent hende som rettesnor.

Vi begravede Paul under de samme bambustræer, hvor Virginie hvilede og rundt om dem deres kærlige mødre og tro tjenere. Der er ikke blevet rejst nogen gravstene på deres beskedne græstuer, ej heller sat nogen indskrift om deres dyder, men mindet om dem står uudsletteligt skrevet i alle de hjerter, som de gjorde tjenester. Deres skygger trænger ikke til en glans, som den de hele deres liv igennem undgik, men hvis de endnu føler deltagelse for, hvad der foregår her på jorden, ynder de sikkert at færdes under de stråtage, hvor den arbejdsomme dyd er til huse, at trøste den med sin misfornøjede fattigdom og i unge elskendes bryst at nære en varig ild, smag for naturlige goder, kærlighed til arbejde og frygt for rigdomme.

Folkets røst, der tier om de mindesmærker, der rejses til kongernes ære, har givet nogle dele af øen navne, der for e-vigt vil bevare mindet om Virginies ulykkelige endeligt. Man ser tæt ved Île d'Ambre midt ude blandt skærene et sted, der kaldes 'La Passe du Saint Géran' efter det skib, der forliste, da det sejlede med hende fra Europa, og her for enden af dalen, 'Baie du Tombeau', hvor Virginie blev fundet på sandstranden, som om havet havde villet bære hendes lig helt hen til hendes familie og vise hendes blufærdighed den sidste ære på den samme strandbred, som hun havde hædret ved sin uskyld.

"I unge mennesker, der nu er så kærligt forenede, I ulykkelige mødre, du kære familie! Disse skove, der gav jer deres skygge, disse kilder, der flød for jer, disse høje, hvor i hvilede sammen, græder endnu over jeres endeligt. Ingen har efter jer turdet opdyrke denne jord eller genrejse disse ringe hytter. Jeres geder er blevet vilde, jeres frugthaver er ødelagte, jeres fugle er fløjet bort, og man hører nu kun høgenes skrig, når de kredser om klipperne. Hvad mig angår, da er jeg, siden jeg ikke længere kan se jer, som en ven, der ikke har flere venner, en fader, der har mistet sine børn, en rejsende, der flakker om på jorden, hvor jeg er blevet ene tilbage."

Da den gamle mand havde sagt disse ord, gik han bort, mens tårerne løb ned ad hans kinder. Mine tårer havde mere end én gang flydt i løbet af denne sørgelige fortælling.

ANDRE BØGER OM MAURITIUS AF SAMME FORFATTER

ISBN 978-87-430-3157-4

ISBN 978-87-430-3176-5

ISBN 978-87-430-4784-1

ISBN 978-87-430-5535-8

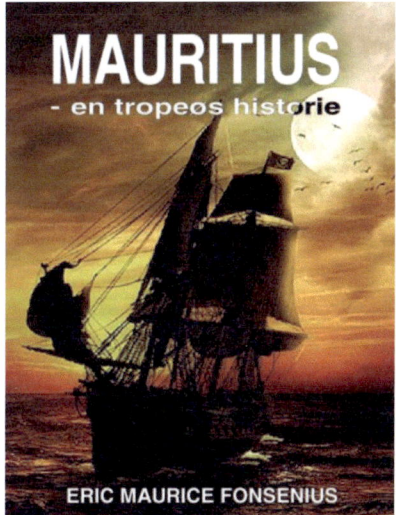

ISBN 978-87-430-5735-2   ISBN 978-87-430-5738-3